文学视野下的中学生美学

Wenxue Shiye Xia De Zhongxuesheng Meixue

● 杨鲜亮 主编

·广州·

图书在版编目（CIP）数据

文学视野下的中学生美学 / 杨鲜亮主编 . —广州：华南理工大学出版社，2018.5

ISBN 978-7-5623-5652-3

Ⅰ．①文… Ⅱ．①杨… Ⅲ．①文艺美学 – 青少年读物 Ⅳ．① I01-49

中国版本图书馆 CIP 数据核字（2018）第 106132 号

文学视野下的中学生美学

杨鲜亮　主编

出 版 人：卢家明

出版发行：华南理工大学出版社

（广州五山华南理工大学 17 号楼，邮编 510640）

http://www.scutpress.com.cn　E-mail: scutc13@scut.edu.cn

营销部电话：020-87113487　87111048（传真）

策划编辑：何丽云

责任编辑：何丽云　卜穗珍

特约编辑：宋炜成

印 刷 者：广州星河印刷有限公司

开　　本：787mm×1092mm　1/16　印张：11.5　字数：189 千

版　　次：2018 年 5 月第 1 版　2018 年 5 月第 1 次印刷

定　　价：48.00 元

版权所有　盗版必究　　印装差错　负责调换

《文学视野下的中学生美学》编委会

主　编　　杨鲜亮

副主编　　谢家祭　龚海华

编　委　　彭吉思　莫　莉　徐建峰　杨　姗

　　　　　张　雪　王志龙　李　欢　段蕴瑶

前言

谈及美，每个人都能够用描绘性的语言表达出对"美"的独特感受，能清晰地指出"美"在日常生活中扮演的角色。

就像当你泛舟书海时，你自然而然地会领略到诗词曲赋的高妙与典雅、小说语言的诡谲与布局的巧妙；身处大自然时，你会为啁啾鸟鸣、山、川、秋色所陶醉；奔走于闹市时，会感动于市井的繁华与烟火气；与朋友相处时，能够感受到生命的意义与价值，甚或能吟诵出"晚来天欲雪、能饮一杯无"的诗句来。

美作为一种精神文化，一直为人们所关注与追求。对美的感受与领悟成为潜藏在每个人内心的火苗，不断激发人们体验情感并感悟精神个性，促使每个个体思考人生的价值。美以春风化雨、潜移默化的方式渗透在生活的方方面面。

表达美、指出美对大家来说或许并非难事，但想要弄清楚"美"与文学的关系及其在语文教学中扮演的角色、承担的作用，却也并不容易。《普通高中语文课程标准（实验）》中说，"语文具有重要的审美教育功能，高中语文课程应培养自觉的审美意识和高尚的审美情趣，培养审美感知和审美创造的能力。"可见，美与语文教学是紧密相连的，语文本身就是"美"的一种具体体现，同时，美育在当下的教育中也承担着极为重要的任务。

首先，美育能帮助学生进行审美意识的构建，为辨别美丑提供依据，从而树立正确的三观，提升审美品位。美以其普遍性和多义性的特质广泛地存在于生活中。既有阳春白雪的高雅，也有下里巴人略带粗犷的野性，形式多样，风格迥异，但不论哪一种形式总会在某种程度上触及你的内心，给你以美的享受，并潜移默化地改变着你对"美"的看法，形成自己独特的审美角度和风格。

其次，中学生审美教育也是提升学生审美能力的不二法门，在认识美的基础上，能提高中学生的审美鉴赏能力和审美创造力。美不仅是具象的，以花鸟虫鱼、雕梁画栋等事物为依托展现出来；而且是抽象的，与意境一样，只可意会不可言传。欣赏山川美景时，你会同时看到山的宽厚、博大，水的包容、沉静。在赞叹这种意境的同时，它又会反过来改变你认识世界、感受世界的方式，提升个人的审美趣味，培养高尚情操，进而成为你鉴赏、创造美的推动力。

再者，中学生美育能促进人的全面发展。美作为一种文化积淀，留存在每个人的心底。只有知美、丑，才能知善、恶，知荣、辱，促进个人品德和智力的长足发展，由此塑造个体的健全人格。在诗词曲赋、书法歌舞之中，包孕着文化之美、自然之美和人工雕琢之美，它们会随着时间的绵延成为每个人心中潜藏的"审美密钥"，打开美学宝库的大门。

这本集结了广东实验中学数位高中语文教师心血的《文学视野下的中学生美学》一书，旨在通过对美学相关定义的厘定、对美学流变的梳理和对众多"美态"的深入探讨和分析，来帮助中学生构建起其自身的美学世界,提升其审美品位,培养其高层次的审美鉴赏能力和自觉的审美意识。

全书主要以诗词、绘画、书法、音乐、戏曲等"美艺"为出发点,详细地向学生展现艺术的诸多美态,刚柔并济,悲喜互渗,古典与雄浑相融,沉郁与飘逸交错,对提升学生的审美品位和鉴赏美的能力具有较强的指导性和示范性作用。

同时,中学生美学教育不能只停留在认识美、欣赏美的浅层次上,更要落实在传承美、创造美的能力提升上。《文学视野下的中学生美学》即对此具有详细的指导意义。全书对诗词曲赋、戏剧小说、雕刻绘画、书法歌舞、影视服装、建筑环境等"美的形式"分条列点,进行详细的讲解,既体现出对"美"文化的传承,又在此基础上指导学生鉴赏与创新。认识美、发现美、欣赏并传承文化之美,从而创作出更多更有价值的美的作品,才是中学生美学教育的题中之意。

"美"是生活中具体的物象在心灵上的投射,是一种可意会而不可言传的抽象的审美境界,更是一种能给人以愉悦感受的审美情境。只有具备认识美、领悟美的能力,才能体会到"江南草长,杂花生树,群莺乱飞"所描绘的江南春日的生机与活力,品味出"落霞与孤鹜齐飞,秋水共长天一色"的辽阔与鲜活。让《文学视野下的中学生美学》带领大家一起畅游在美的海洋里,在感受、学习美学知识的同时,以笔为舟,在生活中创作美。

编　者

2018年3月

目 录

第一章　美的流变 …………………………………………… 1
第二章　中国古典美学中的虚和实 ………………………… 21
第三章　美学中的以小见大 ………………………………… 28
第四章　悲剧美和喜剧美 …………………………………… 37
第五章　阳刚美和阴柔美 …………………………………… 49
第六章　飘逸美 ……………………………………………… 58
第七章　沉郁美 ……………………………………………… 68
第八章　诗词美 ……………………………………………… 76
第九章　绘画美 ……………………………………………… 85
第十章　书法美 ……………………………………………… 94
第十一章　音乐美 …………………………………………… 105
第十二章　戏曲美 …………………………………………… 112
第十三章　舞蹈美 …………………………………………… 121
第十四章　影视美 …………………………………………… 129
第十五章　建筑美 …………………………………………… 138
第十六章　雕塑美 …………………………………………… 147
第十七章　环境美 …………………………………………… 155
第十八章　服装美 …………………………………………… 162
第十九章　幽默美 …………………………………………… 168

参考文献 ……………………………………………………… 175

第一章

美的流变

❧ 编者心语 ❧

美学在我看来是精神的高地,她用不着委屈自己,化深刻为浅显,来迎合我们任何一个人。你读或不读,懂或不懂,她都站在那里,不悲不喜。我们可以就这样看着她,反观自己的酸甜苦辣,发表或浅或深的评价!她是古老的,有着说不尽的故事;她是年轻的,披着神秘魅惑的面纱。我们不一定,登上她的高地,彰显山高我为峰的浮夸;我们尽可能,走近她的身旁,感受美的呼吸,涵养美的精华!在灯火阑珊处,你会见到康德、黑格尔的背影,朱光潜、宗白华的笑容,他们围炉夜话。嘿,前面有个人仿佛在向我们招手,那是蛰伏美国的美学泰斗李泽厚?或者,就是那个热爱美学奋力前行的你?一切皆有可能,且行且珍惜!

❧ 文学视野 ❧

——一首充满着浓郁乡土气息的、反映农村青年男女恋爱约会的好诗,内容健康向上,感情朴实真挚。描写了一个青年男子对情人的爱恋之情,颂扬了静女可贵的性格特征。它既是一首难得的叙事情诗,又是一则别

静女
《诗经》

静女其姝,俟我于城隅。爱而不见,搔首踟蹰。
静女其娈,贻我彤管。彤管有炜,说怿女美。
自牧归荑,洵美且异。匪女之为美,美人之贻。

具风格的爱情小品,值得人们品读寻思。

纵观全诗,不假比兴,敷陈其事,情节曲折有致,风格含蓄蕴藉,语言明快简洁,写人状物惟妙惟肖,感情发展颇有层次,衬托出鲜明突出的人物个性,充分地体现出民间情歌的艺术特点。全文篇幅虽短,容量却大,令人惊叹于作者高度凝练的艺术笔法,具有颇高的美学价值。

断章
卞之琳

你站在桥上看风景,
看风景人在楼上看你。
明月装饰了你的窗子,
你装饰了别人的梦。

——这首诗清新质朴,寓含哲理,睿思藏于字句之间,是典型的朦胧诗。"你站在桥上看风景,看风景人在楼上看你;"你眼前是否闪过一个镜头:你站在桥头凝望着远处秀美的风景,而同样在楼上看风景的人也将你纳入这窗外的景色之中,陶醉在风景中的你不知自己也成了别人的风景。作者正是用这样一个具体的意象,道出了抽象的哲理。其实每个人在生活中都有类似的位置,物与我、我与他、他与你之间都有着内在的关系,每个人都不是独立存在的,我们在被别人影响,也同样影响着别人,就像那看风景的人会成为风景,谁知道那位在楼上看风景的人会不会成为另一个看风景人的风景呢?

"明月装饰了你的窗子,你装饰了别人的梦。"两句用了两个"装饰",点出了"你"位置的变化。当你望着窗边皎洁的明月含着甜甜的笑进入梦乡时,你不会知道,也许一个陌生人在梦中梦到了你,你装饰了他的梦。这节可以看作与上一节不相承接,各自成章,但它们表达了同样的道理,通过位置的变换对比和两幅充满诗意的图画,揭示了人与自然、人与人之间千丝万缕的关系。

知识导读

美是什么？至今尚无定论。但有一点可以肯定，美是人类认识活动的产物。这种产物，可以是物质的，但更应该是精神的。从美的甲骨字形来看，𦍌，当是戴着羊头的巫人的舞蹈。它与巫的祭祀等活动有着紧密的联系，涉及部族的生活经验、观念的传承以及娱乐等方方面面。西方美学之父鲍姆嘉通把研究美的科学称为"埃斯特惕克"（Aesthetica）。朱光潜先生说："这字照希腊字根的原义看，是'感觉学'。"[1] 鲍姆嘉通认为美是感性认识的完善。这种定义，仍然指向了人类的认识活动。

自主赏析

先贤庄子说："天地有大美而不言，四时有明法而不议，万物有成理而不说。"（《庄子·知北游》）庄子倾向于把美理解为道与规律，道和规律客观存在，早于人类而生。显然，庄子的美学观与柏拉图心中的理式世界相近。理式世界独立存在，永住不变。柏拉图在他的《会饮》篇中说："这时他凭临美的汪洋大海，凝神观照，心中起无限欣喜，于是孕育无数量的优美崇高的思想语言，得到丰富的哲学收获。如此精力弥满之后，他终于一旦豁然贯通唯一的涵盖一切的学问，以美为对象的学问。"朱光潜先生认为从这段话可知，柏拉图认为的人生最高理想是对最高的永恒的"理式"或真理"凝神观照"，这种真理才是最高的美。[2]

显然，两位先贤都认为"美"与"真"同义。但是当代美学家李泽厚先生认为，既符合规律（真），又符合人类的主观目的，才是美。规律与目的之间，靠人类的实践联系起来。

李泽厚先生的美学是马克思主义实践美学。他是在批判康德、黑格尔

---

[1] 朱光潜.西方美学史[M].北京：人民文学出版社，2014：289.
[2] 朱光潜.西方美学史[M].北京：人民文学出版社，2014：49.

美学的基础上结合马克思主义理论提出自己的美学主张的。

黑格尔认为美是理念的感性显现，这显然有柏拉图理式世界的影子，但又更强调人的精神活动的作用。艺术作为美的集中体现形式，可以是美的代表。黑格尔认为，艺术是普遍理念与个别感性形象，即内容与形式，由矛盾对立而统一的精神活动。但是这两个对立面的完全吻合只是一个理想，而事实上它们之间却有不同程度的吻合，因此艺术就分成三种类型，即象征型、古典型和浪漫型；每个类型之下又分若干种类，如建筑、雕刻、音乐、诗歌等。

在历史发展中每个阶段都有它独特的艺术类型和艺术种类。这样，就形成了美的流变。

黑格尔关于艺术史发展的看法，其中有一个总的概念，这就是艺术愈向前发展，物质的因素就逐渐下降，精神的因素就逐渐上升。我们按照黑格尔的艺术发展历史分类，依据朱光潜先生的《西方美学史》，将美的流变进行宏观介绍。

艺术最初的类型是象征艺术。在这个阶段，人类心灵力求把它所朦胧认识到的理念表现出来，但是还不能找到适合的感性形象，于是就采用符号来象征，例如基督教以三角形这个符号来象征神的三位一体的概念。符号和它所象征的概念之间有些相同，否则就不能起象征作用；也有些不同，否则内容与形式恰相吻合，就失其为象征。由于有些不同，从形式上就不能明确地见出内容，所以象征艺术都有些暧昧，有些神秘的性质。典型的象征艺术是印度、埃及、波斯等东方民族的建筑，如神庙、金字塔之类。这种艺术的一般特征是用形式离奇而体积庞大的东西来象征一个民族的某些抽象的理想，所产生的印象往往不是内容与形式和谐的美，而是巨量物质压倒心灵的那种崇高风格。

形式总是由内容决定的，象征艺术的物质形式和精神内容之所以不调和，正由于它的精神内容本身还不是具体的而是抽象的。原始东方民族对于精神内容之所以没有具体的认识，是由于他们还没有完全达到绝对精神既是认识主体又是认识对象那种自觉阶段。只有在精神（或心灵）由主体转到客体或对象，再由主客体的对立而回到主客体统一时，对精神内容的具体认识才有可能，因此艺术理想才有可能实现。象征艺术在这方面还有缺陷，所以到了一定发展阶段，它就要解体，让位给较高类型的艺术。

这较高类型就是古典艺术。到了古典艺术，精神才达到主客体的统一，精神内容和物质形式才达到完满的契合一致。因此，认识到感性形象也就同时很明确地认识到它所显现的理念。典型的古典艺术是希腊雕刻。希腊雕刻所表现的神不像埃及、印度的神那样抽象，而是非常具体的，神总是作为人表现出来的，因为人首先是从他本身认识到绝对精神，而同时人体既是精神的住所，也就是精神的最适合的表现形式。

但是精神是无限的、自由的，而古典艺术所借以表现神的人体形状毕竟是有限的、不自由的。这个矛盾就导致古典艺术的解体。接着来的是浪漫型的艺术。在浪漫艺术里，无限的心灵发现有限的物质不能完满地表现它自己，于是就从物质世界退回到它本身，即退回到心灵世界。这样，浪漫艺术就达到与象征艺术相反的一个极端：象征艺术是物质溢出精神，而浪漫艺术则是精神溢出物质。也就是说，浪漫艺术在较高的水平上又回到象征艺术的内容与形式的失调。所以就无限精神的伸展来说，浪漫艺术处于艺术的最高的发展阶段，但是就艺术的内容与形式一致来说，古典艺术终于是最完美的艺术。

精神超于物质毕竟是内容与形式的分裂。依黑格尔看，这种分裂不但导致浪漫艺术的解体，而且也要导致艺术本身的解体。到了浪漫时期，艺术的发展就算达到了高峰，人就不能满足于从感性形象去认识理念，精神就要再进一步脱离物质，要以哲学的概念形式去认识理念。这样，艺术最后就要让位给哲学。

我们可以看出，黑格尔对艺术演变过程类型的划分，即美的流变，显然是理想的划分和描述。其实他自己也承认，古典时代可以有象征时代的建筑，浪漫时代可以有象征时代的建筑和古典时代的雕刻，较后阶段的艺术类型也可以出现于较早的时代，例如图画、音乐和诗歌在象征时代和古典时代也都久已具备。从此可知，艺术的丰富史实不能尽纳入简单的刻板的公式。

黑格尔认为美是理念的感性显现，是客观唯心主义的。这种对美的认识，由于限定了人的主观能动性，不能认识到人的精神活动是一个在人类实践的过程中不断丰富深入的过程，人的审美也是一个完善的过程，从而美的历程也是一个随人类的实践不断演化的过程。因此，黑格尔对艺术的分类和理解才会显得机械和充满矛盾。

李泽厚先生从马克思主义实践哲学出发，批判继承康德、黑格尔美学，提出了实践美学的理论体系。在实践美学理论体系中，他深入地阐述了美的本质、审美的实质以及中国美的历程等重大美学课题。

李泽厚强调这一基本观点："美的本质和人的本质不可分割。离开人很难谈什么美。我仍然认为不能仅仅从精神、心理或仅仅从物的自然属性来找美的根源，而要用马克思主义的实践观点，从'自然的人化'中来探索美的本质或根源。如果用古典哲学的抽象语言来讲，我认为美是真与善的统一，也就是合规律性与合目的性的统一。"[①]"通过漫长历史的社会实践，自然人化了，人的目的对象化了。自然为人类所控制、改造、征服和利用，成为顺从人的自然，成为人的'非有机的躯体'，人成为掌握控制自然的主人。自然与人、真与善、感性与理性、规律与目的、必然与自由，在这里才具有真正的矛盾统一。真与善、合规律性与合目的性在这里才有了真正的渗透、交融与一致。理性才能积淀在感性中，内容才能积淀在形式中，自然的形式才能成为自由的形式，这也就是美。"[②]"整个美，不但形式美，而且自然美都是人类历史的产物。"[③]

自然的人化包括两个方面，一个方面是外在自然，即山河大地的人化，是指人类通过劳动直接或间接地改造自然的整个历史成果，主要指自然与人在客观关系上发生了改变。另一方面是内在自然的人化，是指人本身的情感、需要、感知、愿欲以至器官的人化，使生理性的内在自然变成人。这也就是人性的塑造。因而人性不是天生就有的。两个"自然的人化"都是人类社会整体历史的成果。从美学讲，前者（外在自然的人化）使客体世界成为美的现实。后者（内在自然的人化）使主体心理获有审美情感。前者就是美的本质，后者就是美感的本质，它们都通过整个社会实践历史来达到。[④]

人性建构是积淀的产物，也是内在自然的人化，也是文化心理结构，也是心理本体，有诸异名而同实。它又可分为三大领域：一是认识的领域，即人的逻辑能力、思维模式；一是伦理领域，即人的道德品质、意志能力；

---

① 李泽厚.华夏美学·美学四讲[M].增订本.北京：生活·读书·新知三联书店，2008：279.
② 李泽厚.批判哲学的批判：康德述评[M].北京：生活·读书·新知三联书店，2007：415.
③ 李泽厚.华夏美学·美学四讲[M].增订本.北京：生活·读书·新知三联书店，2008：299.
④ 李泽厚.华夏美学·美学四讲[M].增订本.北京：生活·读书·新知三联书店，2008：313.

一是情感领域,即人的美感趣味、审美能力。可见,审美不过是这个人性总结构中有关人性情感的某种子结构。①

既然是历史的产物和成果,审美心理结构就不是一成不变的,而是随时代、社会的发展变迁在不断变动着。所以,这个共同人性和审美心理结构在具体历史条件下,常有特定的历史的痕印——即具体的社会、民族、时代、阶级的特色。总之,随着历史的前进,随着整个人类心理结构的变化发展,人们在审美活动中的主观能动性愈益增大,每个人作为艺术家的习惯和能力在增强,审美的范围在扩大,艺术欣赏中的再创造程度不断提高,非美以至丑的对象日益容易变为审美对象,这既反映现实世界中美的领域的扩大,也表现心灵世界中审美能力的提高。它们标志着两个"自然的人化"的不断进展。②

美只对心灵开放,艺术品作为审美对象既是一定时代社会的产儿,又是这样一种人类心理结构的对应品,对作为审美对象的艺术品的研究,不正是对物态化了的一定时代社会的心灵结构的研究,亦即对人类心理—情感本体的探究吗?③

李泽厚的《美的历程》一书,在对中国艺术美的历程的叙述中着重揭示了美的历程背后的特定时代社会的心灵结构和促进美的变迁的社会实践因素。

一、龙飞凤舞

(一)远古图腾

以"龙""凤"为主要图腾标记的东西两大部族联盟,经历了长时期的残酷战争、掠夺和屠杀,逐渐融合统一。龙飞凤舞只是观念意识物态化活动的符号和标记。但是凝冻在、聚集在这种种图像符号形式里的社会意识,亦即原始人们那如醉如狂的情感、观念和心理,恰恰使这种图像形式

---

① 李泽厚.华夏美学·美学四讲[M].增订本.北京:生活·读书·新知三联书店,2008:314.
② 李泽厚.华夏美学·美学四讲[M].增订本.北京:生活·读书·新知三联书店,2008:315.
③ 李泽厚.华夏美学·美学四讲[M].增订本.北京:生活·读书·新知三联书店,2008:363.

取得了超感觉的性能和价值，也就是自然形式里积淀了社会的价值和内容，感性自然中积淀了人的理性性质，并且在客观形象和主观感受两个方面都如此。这不是别的，正是审美意识和艺术创作的萌芽。

（二）原始歌舞

之所以说"龙飞凤舞"，正因为它们作为图腾所标记、所代表的，是一种狂热的巫术礼仪活动。它们是原始人们特有的区别于物质生产的精神生产，即物态化活动。它们既是巫术礼仪，又是原始歌舞。到后世，两者才逐渐分化，前者成为"礼"——政刑典章，后者便是"乐"——文学艺术。图腾歌舞分化为诗、歌、舞、乐和神话传说，各自取得了独立的性格，走上不同的发展道路。继神人同一的龙凤图腾之后的，便是以父系家长制为社会基础的英雄崇拜和祖先崇拜。图腾神话由混沌世界进入了英雄时代。作为巫术礼仪的意义内核的原始神话不断人间化和理性化，巫术礼仪、原始图腾逐渐让位于政治和历史。这个过程的彻底完成，要到春秋战国之际。

（三）"有意味的形式"

仰韶、马家窑的某些几何纹样比较清晰地表明，它们是由动物形象的写实而逐渐变为抽象化、符号化的。由再现（模拟）到表现（抽象化），由写实到符号化，这正是一个由内容到形式的积淀过程，也正是美作为"有意味的形式"的原始形成过程。人们不自觉地创造和培育了比较纯粹的美的形式和审美的形式感。

二、青铜饕餮

（一）狞厉的美

暴力是文明社会的产婆。炫耀暴力和武功是氏族、部落大合并的早期宗法制这一整个历史时期的光辉和骄傲。所以继原始的神话、英雄之后，便是这种对自己氏族、祖先和当代的这种种野蛮吞并战争的歌颂和夸扬。殷周青铜器也大多为此制作，它们作为祭祀的"礼器"，多半贡献给祖先或铭记自己武力征伐的胜利，与当时大批杀俘以行祭礼完全吻同合拍。这个动辄杀戮千百俘虏、奴隶的历史年代早成过去，但代表、体现这个时代精神的青铜艺术之所以至今为我们所欣赏、赞叹不绝，不正在于它们体现了这种被神秘化了的客观历史前进的超人力量吗？正是这种超人的历史力量才构成了青铜艺术狞厉美的本质。

（二）线的艺术

与青铜时代同时发达成熟的，是汉字。汉字是以"象形""指事"为本源。汉字形体获得了独立于符号意义的发展途径。以后，它更以净化了的线条美表达出种种形体姿态、情感意兴和气势力量，终于形成中国特有的线的艺术——书法。

（三）解体和解放

"如火烈烈"的野蛮恐怖已成过去，理性的、分析的、纤细的、人间的意兴趣味和时代风貌日渐蔓延。作为祭祀的青铜礼器也日益失去其神圣光彩和威吓力量。殷周青铜第四期是"新式期"，这一时期已经是战国年代。新式期之器物形式可分为堕落式与精进式两种。所谓无纹缋的"堕落式"是旧有巫术宗教观念已经衰颓的反映；而所谓"轻灵多巧"的"精进式"，则代表一种新的趣味、观念、标准和理想在勃兴。它们已经是另一种青铜艺术，另一种美了。

三、先秦理性精神

（一）儒道互补

所谓"先秦"，一般均指春秋战国。其中所贯穿的一个总思潮、总倾向，便是理性主义，正是它承前启后，一方面摆脱原始巫术宗教的种种观念传统，另一方面开始奠定汉民族的文化—心理结构。就思想、文艺领域说，这主要表现为以孔子为代表的儒家学说，以庄子为代表的道家则作了它的对立和补充。

孔子用理性主义精神来重新解释古代原始文化——礼乐。他把原始文化纳入实践理性的统辖之下。所谓"实践理性",是说把理性引导贯彻在日常现实世间生活、伦常感情和政治观念中,而不作抽象的玄思。继孔子之后,孟子、荀子完成了儒学这条路线的演进。这条路线的基本特征是:怀疑论或无神论的世界观和对现实生活积极进取的人生观。儒家强调的是官能、情感的正常满足和抒发,是艺术为社会政治服务的实用功利;道家强调的是人与外界对象的超功利的无为关系即审美关系,是内在的、精神的、实质的美,是艺术创造的非认识性规律。

(二)赋比兴原则

真正可以作为文学作品看待的,仍然要首推《诗经》中的"国风"和先秦诸子的散文。《诗经·国风》中的"民间"恋歌和氏族贵族们的某些咏叹,奠定了中国诗的基础及其以抒情为主的基本美学特征。也正是从《诗经》的许多具体作品中,后人归纳出了所谓"赋、比、兴"的美学原则。

中国文学以抒情胜。然而并非情感的任何抒发表现都能成为艺术。主观情感必须客观化,必须与特定的想象、理解相结合统一,才能构成具有一定普遍必然性的艺术作品,产生相应的感染效果。所谓"比""兴"正是这种使情感与想象、理解相结合而得到客观化的具体途径。"赋"指的是白描式的记事、状物、抒情、表意,特别是指前者。先秦散文则在某种特定意义上,也可以说作为体现"赋"的原则,从远古记事、表意的宗教性的混沌复合体中分化解放出来,成为说理的工具。

(三)建筑艺术

秦汉、唐宋、明清建筑艺术基本保持和延续着相当一致的美学风格。这个艺术风格是什么呢?简单说来仍是作为中国民族特点的实践理性精神。中国的建筑物主要是宫殿建筑,即供世上活着的君主们所居住的场所。大概从新石器时代的所谓"大房子"开始,中国的祭拜神灵即在与现实生活紧密联系的世间居住的中心,而不是脱离世俗生活的特别场所。自儒学盛行之后,在观念、情感和仪式中,更进一步发展贯彻了这种神人同在的倾向。

不是孤立的、摆脱世俗生活、象征超越人间的出世的宗教建筑，而是入世的、与世间生活环境连在一起的宫殿宗庙建筑，成了中国建筑的代表。平面铺开、引向现实的人间联想，平易的，非常接近日常生活的内部空间组合，暖和的木结构等构成中国建筑的艺术特征。建筑的平面铺开的有机群体，实际上已把空间意识转化为时间进程。中国的这种理性精神还表现在建筑物严格的对称结构上，以展现严肃、方正、井井有条。也由于是世间生活的宫殿建筑，供享受游乐而不只供崇拜顶礼之用，从先秦起，中国建筑便充满了各种供人自由玩赏的精细的美术作品（绘画、雕塑）。封建后期仍然是以整体有机布局为特点的园林建筑，却表现着文人士大夫们更为自由的艺术观念和审美理想。实际上，它是以玩赏的自由园林（道）来补足居住的整齐屋宇（儒）罢了。

四、楚汉浪漫主义

（一）屈骚传统

当理性精神在北中国节节胜利，南中国由于原始氏族社会结构有更多的保留和残存，便依旧强有力地保持和发展着绚烂鲜丽的远古传统。表现在文艺审美领域，是以屈原为代表的楚文化。屈原的作品集中代表了一种根柢深沉的文化体系。这体系便是保留着远古传统的南方神话——巫术的文化体系。汉文化就是楚文化。楚汉浪漫主义是继先秦理性精神之后并与它相辅相成的中国古代又一伟大艺术传统。它是主宰两汉艺术的美学思潮。

（二）琳琅满目的世界

尽管儒家和经学在汉代盛行，"厚人伦，美教化"，"惩恶扬善"被规定为从文学到绘画的广大艺术领域的现实功利职责，但汉代艺术的特点却恰恰是，它并没有受这种儒家狭隘的功利信条的束缚。刚好相反，它通过神话跟历史、现实和神、人与兽同台演出的丰满的形象画面，极有气魄地展示了一个五彩缤纷、琳琅满目的世界。这个世界是有意或无意地作为人的本质的对象化，作为人的有机或非有机的躯体而表现着的。人对客观世界的征服，这才是汉代艺术的真正主题。汉代工艺品正是那个琳琅满目的世界的具体而微的显现，是在众多、繁杂的对象上展现出来的人间力量和对物质世界的直接征服和巨大胜利。

（三）气势与古拙

整个汉代艺术生命也就在这里。就在这不事细节修饰的夸张姿态和大型动作中，就在这种粗轮廓的整体形象的飞扬流动中，表现出力量、运动以及由此而形成的"气势"的美。在汉代艺术中，运动、力量、"气势"就是它的本质。古拙不但没有减弱反而增强了上述的美，是构成这种气势美的不可分割的必要因素。汉代艺术还不懂后代讲求的以虚当实、计白当黑之类的规律。它铺天盖地，满幅而来。画面塞得满满的，几乎不留空白。这也似乎"笨拙"。然而，它却给予人们以后代空灵精致的艺术所不能替代的丰满朴实的意境。与唐代艺术的"胡气"相比，汉代艺术却更突出地呈现着中华本土的音调传统：那由楚文化而来的天真狂放的浪漫主义，那人对世界满目琳琅的行动征服中的古拙气势的美。

五、魏晋风度

（一）人的主题

东汉末年，社会变迁在意识形态和文化心理上的表现，是占据统治地位的两汉经学的崩溃。繁琐、迂腐、荒唐、既无学术效用又无理论价值的谶纬和经术，在时代动乱和农民革命的冲击下，终于垮台。代之而兴的是门阀士族地主阶级的世界观和人生观。与颂功德、讲实用的两汉经学、文艺相区别，一种真正思辨的、理性的"纯"哲学产生了；一种真正抒情的、感性的"纯"文艺产生了。这种意识形态领域内的新思潮和反映在文艺—美学上的同一思潮的基本特征便是人的觉醒。既定的传统、事业、功业、学问、信仰大都是从外面强加给人们的，那么个人存在的意义和价值就突显出来了，如何有意义地、自觉地充分把握住这短促而多苦难的人生，使之更为丰满富足，便突显出来了。外在的任何功业事物都是有限和能穷尽的，只有内在的精神本体，才是原始、根本、无限和不可穷尽的，这便是魏晋风度的哲理思辨。门阀士族畏惧早死，追求长生，服药炼丹，饮酒任气，高谈老庄，双修玄礼，既纵情享乐，又满怀哲意，这就构成似乎是那么潇洒不群、那么超然自得、无为而无所不为的所谓魏晋风度。

（二）文的自觉

在两汉，门阀大族累世经学，家法师传，是当时的文化保存者、垄断者。当他们取得不受皇权任意支配的独立地位，即建立起封建前期的门阀统治后，这些世代沿袭着富贵荣华、什么也不缺少的贵族们，认为真正有价值、有意义且能传之久远以至不朽的，只有由文学表达出来的他们个人的思想、情感、精神、品格，从而刻意作文，"为艺术而艺术"，确认诗文具有自身的价值意义，不只是功利附庸和政治工具。所以，由曹丕提倡的这一新观念极为迅速地得到广泛的响应和长久的发展。

（三）陶潜与阮籍

陶潜和阮籍在魏晋时代分别创造了两种迥然不同的艺术境界，一种是超然事外，平淡冲和；一种是忧愤无端，慷慨任气。它们以深刻的形态表现了魏晋风度。应该说，不是建安七子，不是何晏、王弼，不是刘琨、郭璞，不是二王、颜、谢，而是他们两个人，才真正是魏晋风度的最高优秀代表。

六、佛陀世容

（一）悲惨世界

宗教里的苦难既是现实的苦难的表现，又是对这种现实苦难的呻吟。宗教是被压迫生灵的叹息，是无情世界的情感。当时的现实是：从东汉帝国的瓦解到李唐王朝的统一，整个社会总的说来是长时期处在无休止的战祸、饥荒、疾疫、动乱之中。阶级之间的、民族之间的、统治集团之间的、皇室宗族之间的、反复的、经常的杀戮和毁灭，弥漫于这一历史时期。总之，现实生活是如此悲苦，生命宛如朝露，身家毫无保障，命运不可捉摸，生活无可眷恋，人生充满着悲伤、惨痛、恐怖、牺牲，事物似乎根本没有什么"公平"和"合理"，也毫不遵循什么正常的因果规律。为什么会这样？为什么要这样？这似乎非理性所能解答，也不是儒家孔孟或道家老庄所能说明。于是，佛教便走进了人们的心灵。礼佛的僧俗只得把宗教石窟当作现实生活的花坛、人间苦难的圣地，把一切美妙的想望、无数悲伤的叹息、慰安的纸花、轻柔的梦境，统统在这里放下，努力忘却现实中的一切不公平、不合理，从而也就变得更加卑屈顺从，逆来顺受，更加做出"自我牺牲"，以获取神的恩典。北魏的雕塑，从云冈石窟早期的威严庄重到龙门、敦煌，特别是麦积山成熟期的秀骨清相、长脸细颈、衣褶繁复而飘动，那种神情奕奕、飘逸自得，似乎去尽人间烟火气的风度，形成了中国雕塑艺术的理想美的高峰。人们把希望、美好、理想都集中地寄托在它身上。它并不显示出仁爱、慈祥、关怀等神情，它所表现的恰好是对世界一切的完全超脱。

（二）虚幻颂歌

跟长期分裂和连绵战祸的南北朝相映对的，是隋唐的统一和较长时间的和平稳定。与此相适应，在艺术领域，从北周、隋开始，雕塑的面容和体态、壁画的题材和风格都开始明显地变化。如果说，北魏的壁画是用对悲惨现实和苦痛牺牲的描述，来求得心灵的喘息和精神的慰安，那么，在隋唐则刚好相反，是以对欢乐和幸福的幻想，来取得心灵的满足和神的恩宠。唐代壁画"经变"描绘的并不是现实世界，而是以皇室宫廷和上层贵族为蓝本的理想画图，雕塑的佛像也不是以现实的普通人为模特儿，而是以享受着生活、体态丰满的上层贵族为标本。这里奏出的，是一曲幻景颂歌。

（三）走向世俗

中晚唐以来，世俗场景大规模地侵入了佛国圣地。晚唐五代敦煌壁画中的《张议潮统军出行图》《宋国夫人出行图》，它们本是现实生活的写真，却涂绘在供养佛的庙堂石窟里，并且占有那么显赫的位置和面积。它实际上标志着宗教艺术将彻底让位于世俗的现实艺术。更进一步，在理论上终于出现了要求信仰与生活完全统一起来的禅宗：不要那一切繁琐宗教教义和仪式；不必出家，也可成佛；不必那样自我牺牲、苦修苦练，也可成佛。

并且，成佛也就是不成佛，在日常生活中保持或具有一种超脱的心灵境界，也就是成佛。这样，结论自然就是，并不需要一种什么特殊对象的宗教信仰和特殊形体的偶像崇拜。正如宗教艺术将为世俗艺术所替代，宗教哲学包括禅宗也将为世俗哲学的宋儒所替代。宗教迷狂在中国逐渐走向衰落。

七、盛唐之音

历史来到唐朝，对外是开疆拓土，君威四震，国内则是相对的安定和统一。一方面，南北朝文化交流融合，使汉魏旧学与齐梁新声相互取长补短，推陈出新；另一方面，中外贸易交通发达，"丝绸之路"引进来的不只是"胡商"会集，也带来了异国的礼俗、服装、音乐、美术以至各种宗教。这是空前的古今中外的大交流大融合。无所畏惧、无所顾忌地引进和吸取，无所束缚、无所留恋地创造和革新，打破框框，突破传统，这就是产生文艺上所谓"盛唐之音"的社会氛围和思想基础。如果说西汉是宫廷皇室的艺术，以铺张陈述人的外在活动和对环境的征服为特征，魏晋六朝是门阀贵族的艺术，以转向人的内心、性格和思辨为特征，那么唐代也许恰似这两者统一的向上一环：既不纯是外在的事物、人物活动的夸张描绘，也不只是内在心灵、思辨、哲理的追求，而是对有血有肉的人间现实的肯定和感受，憧憬和执着。一种丰满的、具有青春活力的热情和想象，渗透在盛唐文艺之中。即使是享乐、颓丧、忧郁、悲伤，也仍然闪烁着青春、自由和欢乐。这就是盛唐艺术，它的典型代表，就是唐诗。

盛唐之音在诗歌上的顶峰当然应推李白，无论从内容或形式，都如此。因为这里不只是一般的青春、边塞、江山、美景，而是笑傲王侯，蔑视世俗、不满现实，指斥人生，饮酒赋诗，纵情欢乐。"天子呼来不上船，自称臣是酒中仙"以及国舅磨墨、力士脱靴的传说故事，都深刻地反映着前述那整个一代初露头角的知识分子的情感、要求和向往：他们要求突破各种传统约束羁绊；他们渴望建功立业，猎取功名富贵，进入社会上层；他们抱负满怀，纵情欢乐，傲岸不驯，恣意反抗。而所有这些，又恰恰只有当他们这个世俗地主阶级在走上坡路，整个社会处于欣欣向荣并无束缚的历史时期中才可能实现。

八、韵外之致

中唐以来，世俗地主日益取代门阀士族，逐渐占据主要地位。这一社会变化由赵宋政权确定下来。特别是在宋代整个地主士大夫知识分子的境况有了很大提高，文臣学士、墨客骚人取得了前所未有的优越地位。宋代文官多，官俸高，大臣傲，赏赐重，重文轻武，提倡文化。中唐开始，出现了文坛艺苑的百花齐放。真正展开文艺的灿烂图景，普遍达到诗、书、画各艺术部门高度成就的，是中晚唐。审美趣味和艺术主题已经完全不同于盛唐，而是走进更为细腻的官能感受和情感色彩的捕捉追求中。爱情诗和山水画成了最为人们心爱的主题和吟咏描绘的体裁。最为成功的艺术部门和艺术品是山水画、爱情诗、宋词和宋瓷。不是对人世的征服进取，而是从人世的逃遁退避；不是人物或人格，更不是人的活动、事业，而是人的心情意绪成了艺术和美学的主题。

与从中晚唐到北宋的这种艺术发展相吻合，在美学理论上突出来的就是对艺术风格、韵味的追求。司空图的《诗品》和严羽的《沧浪诗话》更讲究艺术作品必须达到某种审美风貌和意境。文艺中韵味、意境、情趣的讲究成了美学的中心。司空图再三提出"味外之旨""韵外之致"，都是要求文艺去捕捉、表达和创造出那种种可意会而不可言传，难以形容却动人心魄的情感、意趣、心绪和韵味。这当然不是模拟、复写、认识所能做到，它进一步突出、发展了中国美学传统中的抒情、表现的民族特征。

而苏轼在美学上追求的是一种朴实无华、平淡自然的情趣韵味，一种退避社会、厌弃世间的人生理想和生活态度，反对矫揉造作和装饰雕琢，并把这一切提到某种透彻了悟的哲理高度。苏东坡生得太早，他没法做封建社会的否定者，但他的这种美学理想和审美趣味，却对从元画、元曲到明朝中叶以来的浪漫主义思潮，起了重要的先驱作用。

九、宋元山水意境

审美兴味和美的理想由具体人事、仕女牛马转到自然对象、山水花鸟，当然不是一件偶然事情。它是历史行径、社会变异的间接而曲折的反映。与中唐到北宋进入后期封建制度的社会变异相适应，地主士大夫的心理状况和审美趣味也在变异。经过中晚唐的沉溺声色繁华之后，士大夫们一方面仍然延续着这种沉溺，同时又日益陶醉在另一个美的世界之中，这就是自然风景、山水花鸟的世界。自然对象特别是山水风景，作为这批人数众多的世俗地主士大夫居住、休息、游玩、观赏的环境，处在与他们现实生活亲切依存的社会关系之中。基本是一种满足于既得利益，希望长久保持和固定，从而将整个封建农村理想化、牧歌化的生活、心情、思绪和观念。

宋元山水经历了北宋、南宋、元这样三个里程，呈现出彼此不同的三种面貌和意境。

北宋山水，无我之境。所谓"无我"，不是说没有艺术家个人情感思想在其中，而是说这种情感思想没有直接外露，甚至有时艺术家在创作中也并不自觉意识到。它主要通过纯客观地描写对象，终于传达出作者的思想情感和主题思想。五代和北宋的大量山水作品，无论是关仝的《大岭晴云》，还是范宽的《溪山行旅图》《雪景寒林》等，他们客观地、整体地把握和描绘自然，表现出并无确定的观念、含义和情感，从而具有多义性的无我之境。

随着时代的发展变化，诗、画中的美学趣味也在发展变化。从北宋前期经后期过渡到南宋，"无我之境"逐渐在向"有我之境"推移。这种迁移变异的行程，与占画坛统治地位的院体画派作风有重要关系。以愉悦帝王为目的，甚至皇帝也亲自参加创作的北宋宫廷画院，在享有极度闲暇和优越条件之下，把追求细节的逼真写实，发展到了顶峰。与细节真实并行且更值得重视的画院另一审美趣味，是对诗意的极力提倡。画面的诗意追求开始成了中国山水画的自觉的重要要求。

院体画随着赵宋王朝的覆灭而衰落、消失，在社会条件的变迁下，山水画的领导权和审美趣味由宋代的宫廷画院，落到元代的在野士大夫知识分子——文人手中了。"文人画"正式确立。中国绘画中一贯讲求的"气韵生动"的美学基本原则，到这里不再放在客观对象上，而完全放在主观意兴上。这便是"有我之境"。这种"有我之境"发展到明清，便形成一股浪漫主义的巨大洪流。到明清的石涛、朱耷以至扬州八怪，形似便被进一步抛弃，主观的意兴心绪压倒了一切，并且艺术家的个性特征也空前地突出了。这种个性，元画只有萌芽，要到明清和近代才有了充分的分化和发展。

十、明清文艺思潮

（一）市民文艺

唐诗宋词、宋元山水展示了襟怀、意绪，而以小说戏曲为代表的明清文艺所描绘的却是世俗人情。以广大市民为对象的近代说唱文学发展到明中叶，便由涓涓细流汇为江湖河海，由口头的说唱发展为正式的书面语言。以《喻世明言》《警世通言》《醒世恒言》和初刻、二刻《拍案惊奇》为代表，标志着这种市民文学所达到的繁荣顶点，具有了自己的面貌、性格和特征。与宋明话本、拟话本并行发展的是戏曲。元代少数民族入主中原造成了经济、文化的倒退，却也创造了文人士大夫阶层与民间文学结合的环境。它的成果就是反映生活、内容丰满的著名的元代杂剧。到明中叶以后，传奇的大量涌现，把戏曲推上一个新的阶段。除了文学上的意义外，更重要的是，它已发展和定型为一种由说唱、表演、音乐、舞蹈相结合的综合艺术，创造了中国民族特色的戏曲形式的艺术美。直到昆曲和京剧，在所谓唱、念、做、打中，把这种美推到了炉火纯青、无与伦比的典范高度。而把这种市民文艺展现为单纯视觉艺术的，是明中叶以来沛然兴起的木刻版画。这样，小说、戏曲、版画，相当全面地构成了明代中叶以来的文艺的真正基础。

（二）浪漫洪流

明代中叶以来，社会酝酿着的重大变化，反射在传统文艺领域内，表现为一种合规律性的反抗思潮。如果说，前述小说、木刻等市民文艺表现的是日常世俗的现实主义；那么，在传统文艺中，则主要表现为反抗伪古典主义的浪漫主义。李贽是这一浪漫思潮的中心人物，提倡讲真心话，反对一切虚伪、矫饰，主张言私言利。正是这种反道学、反虚伪的思想基础，使他重视民间文艺，重视这种有真实性的人情世俗的现实文学，并把这种文学提到理论的高度予以肯定。这个高度也就是"童心"。这种以心灵觉醒为基础，真实地提倡以自己的"本心"为主，摒斥一切外在教条、道德做作，应该说是相当标准的个性解放。这对当时的文艺无疑有振聋发聩的启蒙作用。当时文艺各领域中主要的革新家和先进者，如袁宏道（散文）、汤显祖（戏曲）、冯梦龙（小说）等，都恰好是李贽的朋友、学生或倾慕者，都直接或间接与他有关。

（三）从感伤文学到《红楼梦》

作为近代社会新因素的下层市民文艺和上层浪漫思潮，在明末发展到极致后，遭受了本不应有的挫折。李自成的失败带来了清朝的建立，落后的少数民族总是更易接受和强制推行保守、反动的经济、政治、文化政策。资本主义因素在清初被全面打了下去。与明代那种突破传统的解放潮流相反，清代盛极一时的是全面的复古主义、禁欲主义、伪古典主义。从文体到内容，从题材到主题，都如此。作为明代新文艺思潮基础的市民文艺不但再没有发展，而且还突然萎缩，上层浪漫主义则一变而为感伤文学。《桃花扇》《长生殿》《聊斋志异》则是这一变易的重要杰作。这批作为戏曲、小说的感伤文学的另一特征，是由于它们或痛定思痛或不满现实，对社会生活面作了较广泛的接触、揭露和讽刺，从而具有远为苦痛的现实历史的批判因素。这正是它们走向下一阶段批判现实主义的内在倾向。

而具有深刻感伤主义元素的《红楼梦》，体现出了成熟的批判现实主义。与前一阶段市民文艺的现实主义对富贵荣华、功名利禄的渴望钦羡恰好对照，这里充满着的是对这一切来自本阶级的饱经沧桑，洞悉幽隐的强有力的否定和判决。

对于美的流变，李泽厚先生在《美的历程》结语中总结说：每个时代都应该有自己时代的新作，艺术只有这样才流成变异而多彩的巨川。只要相信人类是发展的，物质文明是发展的，意识形态和精神文化最终（而不是直接）决定于经济生活的前进，那么这其中总有一种不以人们主观意志为转移的规律，在通过层层曲折渠道起作用，就应可肯定。

李泽厚先生在《美学四讲·艺术》中说道：艺术形象层的变异过程，由于情欲与观念的交错，而展现为一种"由再现到表现，由表现到装饰，再由装饰又回到再现与表现"的行程流变。这即是所谓的"艺术积淀"。当艺术变为一种纯审美或纯粹的形式美的装饰时期，艺术常常本身就会走向衰亡。这时，艺术要求摆脱这种状况，要求注入新鲜的、具体的、明确的内容，而又走向再现或表现。艺术与审美正是在这样一种"二律背反"的运动中发展着。显然，他否定了黑格尔的"艺术最后就要让位给哲学"的美学判断。

资料信息

朱光潜《谈美》经典语录：

人要有出世的精神才可以做入世的事业。

凡是艺术家都须有一半是诗人，一半是匠人。

要见出事物本身的美，须把它摆在适当的距离之外去看。

人生本来就是一种较广泛的艺术，每个人的生命史就是他自己的作品。

实用的态度以善为最高目的，科学的态度以真为最高目的，美感的态度以美为最高目的。

注意力的集中，意象的孤立绝缘，便是美感的态度的最大特点。

艺术家在写切身的情感时，都不能同时在这种情感中过活，必定把它加以客观化，必定由站在主位的尝受者退为站在客位的观赏者。一般人不能把切身的经验放在一种距离以外去看，所以情感尽管深刻，经验尽管丰富，终不能创造艺术。

自然美为许多最普遍的性质之总和。就每个独立的性质说，它是最普遍的；但是就总和说，它却不可多得，所以成为理想，为人称美。

探究实践

提到美，提到美学，你的第一印象是什么？读了本书的第一章，你又有什么感想呢？请把你的印象或感想写成一篇文章吧！

第二章

中国古典美学中的虚和实

编者心语

每个人都应该有这样的阅读体验吧：当你看到作者一篇洋洋洒洒的作品后，当你从作者曲折萦绕的世界中走出来后，你会想，他为什么会写下这样的文字呢？是什么促使这文字从无到有，又辗转来到了你的案前？他为什么要给你留下一些悬念，并拒绝将一个故事讲得完满？当你品读一首诗歌后，当你陪同诗人或是荡气回肠，或是低回婉转后，你也会想，他为什么触动了那一声叹息？他又为着什么留下了那一行清泪？那一串串缀玉珠词是如何从虚空的心境呈现在我们的面前，又牵动我们的情思？那没有被呈现出来的文字，又是怎样在诗人虚空的心境中发酵，和泪吞咽？

阅读，就像品茗。我们要将那高度浓缩的文字稀释，稀释成自己的人生，那文字与文字间留有的空白，等着我们去读懂，更等着我们去填补。

文学视野

扬州慢
姜夔

淳熙丙申至日，予过维扬。夜雪初霁，荠麦弥望。入其城，则四顾萧条，寒水自碧，暮色渐起，戍角悲吟。予怀怆然，感慨今昔，因自度此曲。千岩老人以为有"黍离"之悲也。

淮左名都，竹西佳处，解鞍少驻初程。过春风十里，尽荠麦青青。自胡马窥江去后，废池乔木，犹厌言兵。渐黄昏，清角吹寒，都在空城。

杜郎俊赏，算而今重到须惊。纵豆蔻词工，青楼梦好，难赋深情。二十四桥仍在，波心荡、冷月无声。念桥边红药，年年知为谁生？

——"过春风十里"，写往日扬州城十里长街的繁荣景象，应该是虚景；"尽荠麦青青"，写词人今日所见的凄凉情形，应该是实景。这里用的是虚实相生的手法。"虚实相生"是指虚与实二者之间互相联系、互相渗透与互相转化，以达到虚中有实、实中有虚的境界，从而大大丰富诗中的意象，开拓诗中的意境，为读者提供广阔的审美空间，充实人们的审美趣味。虚景和实景的关系，有时是相反相成形成强烈的对比，从而突出中心的《扬州慢》中的这两个词句，一虚一实两幅对比鲜明的图景，寄寓着词人对昔盛今衰的感慨。

知识导读

虚与实，是一对从中国古代哲学中脱胎而来的美学概念。从老子开始，"相反相成"便成为中国古人认知自我与认知宇宙人生的一种定式，古人在"有与无""高与下""前与后""虚与实"等概念的相辅相成、对立转化中诗意地生活。

自主赏析

中国古典美学之"一肌一容，尽态极妍"，其表象之下有着属于国人独有的呼吸匀停，亦有着中国文化特有的复杂脉象。号准了脉，听准了心音，才能走近这个神秘的、极富生命力的躯体。说她神秘，是因为她伟岸而又娇小，刚毅而又纤弱，复杂而又纯粹，古老而又年轻；说她富有生命力，是因为她暗示寻美之人，专属的密钥就藏在她们自己的心中，藏在卷帙浩繁的作品中。只要你找到了这密钥，便可以一次又一次地走近她，去窥探穿越时光的、美丽的究竟。

"虚与实"便是这密钥中的一把。而在纷繁的美学著作中，笔者以为宗白华先生对"虚"和"实"的理解是最贴合中国古典美学韵律的。在讨论这对概念的时候，他仿若一位富有圣手仁心的医者，号着中国古典美学的脉搏，在寻找美学的根源。

宗白华先生不但找到了通往幽胜的路径，找到了学识与精神上的密钥，且他意欲提携更多的后辈一起加入这追美、寻美的队伍中来，更愿意通过书写将中国文化的精髓与更多世人分享。对"虚与实"的理解散见于他的《美学散步》一书，且成为贯穿全书的艺术规律与艺术精神。如在《中国艺术表现里的虚与实》一文中，他以中国古代美术（绘画）、舞蹈、书法以及传统舞台布景艺术等方面为例，阐述了其对虚与实的理解；在《论艺术的"空灵"与"充实"》中，他又谈论了依靠外界物质条件造成的"隔"、心灵内部的"空"和充实、壮硕的艺术精神。

在《中国艺术意境之诞生》一文中，"虚与实"再一次被宗先生以诗意的文笔集中地展示，他引用王安石的话说：

论画者曰，咫尺有万里之势，一势字宜着眼。若不论势，则缩万里于咫尺，直是《广舆记》前一天下图耳。五言绝句以此为落想时第一义。唯盛唐人能得其妙。如"君家住何处，妾住在横塘，停船暂借问，或恐是同乡"，墨气四射，四表无穷，无字初皆其意也！

在这段话后，他再一次引用《中国艺术表现里的虚与实》一文中引过的经典例子，即笪重光说的"虚实相生，无画处皆成妙境"。在这一段精彩的论述中，宗先生再一次点破绘画与诗歌美学间微乎其微的窗纱，将二者的精髓一气呵成地点明。如文中接连列举的例子：

盛唐王、孟派的诗固多空花水月的禅境；北宋人词空中荡漾，绵渺无际；就是南宋词人姜白石的"二十四桥仍在，波心荡、冷月无声"，周草窗的"看画船尽入西泠，闲却半湖春色"，也能以空虚衬托实景，墨气四射，四表无穷。

宗先生的《中国艺术表现里的虚与实》一文，着实是对"虚和实"这一对概念的卓绝诠释。该文被选入粤教版的选修教材中，然而学生在读此文时却惝恍迷离，似是而非，没能十足领略到先生的款款深意。

文中从荀子的"不全不粹不足以谓之美"开始说起：

由于"粹"，由于去粗取精，艺术表现里有了"虚"，"洗尽尘滓，独存孤迥"。由于"全",才能做到孟子所说的"充实之谓美,充实而有光辉之谓大"。"虚"和"实"辩证的统一,才能完成艺术的表现,形成艺术的美。

这一段话提示着,"虚实结合"是达成艺术之美的必由之路。但从"全"与"粹"的关系来看,"全"应该对应艺术创作的整个过程,这个过程涵盖着理论知识的阅读与学习,更包含着人生阅历的积累。只一"全"字,应该囊括每一个即将处于创作阶段的作者在创作之前所有的人生,它应该包含作者以往的欢乐时光,亦应包含他过去的苦痛与折磨。写景的人,"全"字里应该有他路过的胜景,有胜景中美丽的夕阳,有夕阳下那人回眸的惊鸿一瞥;抒情的人,"全"字里应该包括他经年累月的求而不得,求而不得时的辗转反侧以及辗转反侧时的肝肠寸断与泪雨滂沱;求真的人,"全"字里有他几十载如一日的观察;摹神的人,"全"字里有他早晚梦里梦外的琢磨。总而言之,"全",是一个作者在艺术创作前所做的有意或无意的准备,亦是他对即将创作的对象的全面把握。粗浅地打个比方,如果说艺术创作是一个即将临盆的时刻,那么"全"就是那痛且快乐的怀胎十月。

"粹",即提炼精粹的过程。而作者提炼的对象就是那"全",就是在鸿蒙中找到真精,提取宇宙人生的奥义。如果说"全"是艺术创作的第一个阶段,那么"粹"则是继"全"之后的重要过程。宗先生在文中引用清初文人赵执信《谈艺录》里几个朋友论诗的片段。三人将诗歌创作比作画龙。其中的洪昉思主张诗歌创作应该"穷形尽相",画出龙的全部细节,首与尾、整体与局部都应展现在画面上;司寇则认为,创作之时不能"穷形尽相",而是要以云为遮障,在云外露出局部的指爪即可。以上两者,皆需"各打五十大板"。洪昉思是一个很好的学习者、积累者,看到了艺术创作过程中"全"的意义,却没看到"粹"的价值;反之,司寇表现得更倾向于"粹",却使艺术创作流于取巧。若画龙都可以只画指爪,画鳞片,那又有谁愿意去学习全龙的画法呢?前者可谓创作之第一重境,乃匠之境;后者可谓第二重境,乃技之境,二者都未达到艺术的真境。

赵执信本人对诗歌创作的理解更接近艺术规律的本身——画龙不必面面俱到,然而画出的指爪与鳞片却要能使人看到这龙宛然俱在。这样的艺术境界,绝不是第一、第二重境界能与之媲美的。创作者的心中,要有一条凌空高蹈、绝空穿云的活龙;创作者的意念中,要有这条龙的喜怒哀乐,才能通过"粹"的方式提炼出最能表达自己心中之龙的局部与意象,从而使观者明了——这原来是一条与众不同之龙。这与众不同，不仅仅通过满幅画面的"有"来展现，而更多要通过画面上的"无"来昭示。因为这"无"，这"虚空"，正是作者独运匠心的"洗尽尘滓，独存孤迥"，正是作者想要留给观者的那个意蕴空间，那个供观者阅读、欣赏，与作者进行跨越时空的精神交流的空间，它就如宋元文人画中被墨色山水包围的那个草亭，它必须是虚空也只能是虚空，才能供灵动的思想在其中流动与充盈。

在"粹"的过程中，"虚"达成了，通过这种"无"达成了，作者的意蕴完满了，作品也就活了。

"粹"的过程，本身就是一个"虚实结合"的过程。它是作者在"全"的基础上提炼，进行去粗取精的过程。而可以达到第三重境界的作者，往往才是真正的艺术家，经过三重境界更迭的作品，往往才是难得的珍品，是经得起时光打磨的珍品。因为它以一个时代为背景，以整个的自然为背景，以洪大的宇宙人生为背景，却又不仅限于对这时代、自然和宇宙人生进行中规中矩的描摹。恰恰是因为创作者富有匠心与勇气地在画卷中，在诗卷中，在一个小节的音符中有所选择也有所舍弃，恰恰是因为这些艺术品既有表达的"实"，也有表达未尽饱满的"虚"，它们才能一直富有生命力，穿越时光的洪流漂流至今。只要载体不灭，它们身上智慧的光芒便不会灭；不，也许载体毁灭之时，这一种智慧还可以通过口耳相传，通过美学理论的传承而继续在历史的长河里流传。

"虚实结合"的这种美学表达可以给予我们的不仅仅是创作方面的启示，还有作为鉴赏者的思考。睿智的艺术家通过"粹"给作品留下了虚空的空间。想要填塞这个空间，想要通过作品与艺术家进行灵魂的交流和情感的共鸣，需要我们在鉴赏的过程中带上艺术欣赏的法宝——想象力。在宗先生的文章中，王安石列举《长干曲其一》（一作《江南曲》）来讨论诗歌创作的规律。全诗20个字书写的全部是人物的语言，是为创作中的"实"，而其义却在字外，其情亦在字外，是为"虚"。在鉴赏这首诗的过程中，我们唯有开动脑筋，运用想象力，才能见到它的妙处。比如我们需要想象，这是一个怎样打扮的姑娘？用着怎样的语气和口吻在说着上面这些话？她搭话的对象是一个怎样的青年？他此时以怎样的姿态在听这一声声富有韵味的问话？他听到这些话的时候心里在想些什么？他们对话的场景应该是怎样的？……诸如此类，白描的语言之外是大片大片的想象空间，留待我们填满。

深山藏古寺之四种画法

以上四图，是"深山藏古寺"的四种画法。人们习惯把这一风雅的考试推给宋徽宗。史料不足，不可考据。然而即便是后人杜撰，这四幅图的四种创意仍然可以为我们揭示出"虚实结合"在艺术创作中的至高地位。

从题目开始，画家要表现的意向有深山、古寺，更要表现出"藏"字的意蕴。第一幅画将寺庙"藏"在山顶，山脚下是一位拄杖而归的僧人；第二幅画将寺"藏"在乱石山中，且被水包围、环绕，水上是一叶轻舟，多了一份与世隔绝的禅意，仿佛藏得更好了些，也更隐蔽了些；第三幅画画工精细了许多，山路狭窄，青松掩映，寺庙的红瓦被"藏"在蓊蓊郁郁的山中，以画面植物的遮盖来"藏"寺；第四幅有大幅留白，低空是水，高空是云气，不见古寺的建筑，完全藏起，而为了揭示古寺的存在，在崎岖的山路上画了两个小和尚，汲水上山，也许是要回寺备晚炊了吧。四幅画，其境界不言而喻。第四幅画所胜之处亦不言而喻——古寺不在山里，在你心里。

资料信息

宗白华（1897—1986年），中国现代哲学家、美学大师、诗人，南京大学哲学系代表人物。自20世纪30年代起任中央大学（1949年更名为南京大学）哲学系教授，1949—1952年任南京大学教授。1952年院系调整，南京大学哲学系合并到北京大学，之后他一直任北京大学哲学系教授，后兼任中华全国美学学会顾问。

宗白华把中国体验美学推向了极致，他作为一个审美悟道者本身已成为一种道显而美的象征。

探究实践

文学艺术的虚与实是一次次的发现与再发现，在阅读古今诗歌、文章的过程中，最让你"脑洞大开"的是哪一篇？

第三章

美学中的以小见大

❧ 编者心语 ❧

电视剧《铁齿铜牙纪晓岚》里面有个情节，著名演员张国立所扮演的纪晓岚评价张若虚的《春江花月夜》时认为"江畔何人初见月，江月何年初见人"两句是古老的叩问。是啊，数千年前，究竟是什么样的一个人在江畔第一次见到了月亮？人第一次意识到宇宙的空间是在什么时候？人在浩瀚的宇宙空间中如何自处？中国古人又如何在这浩渺的空间中进行了诗意的表达？

这些问题，有的时候是没有答案的，就像《鲁拜集》中的两句诗：海涛波涌深蓝色，不答凡夫问太玄。作为陆地文明的孩子，我们又像是可以得到答案的——当我们把渺小的自我与浩瀚的宇宙同呼吸、共命运，那么天与地也就有了甜蜜与忧愁。

❧ 文学视野 ❧

——据说杜牧是熟读兵书、自负知兵的诗人，因此杜牧把赤壁之战周瑜的取胜归结于东风的偶然因素，就大有阮籍在登临广武战场慨叹"时无英雄，遂使竖子成名"之味道。也许，杜牧只是借史事以抒

赤壁
杜牧

折戟沉沙铁未销，
自将磨洗认前朝。
东风不与周郎便，
铜雀春深锁二乔。

发胸中抑郁不平之气而已，不一定非有"不足周郎处"的实指。总之，此诗结尾，以"二乔"(孙策之妻大乔、周瑜之妻小乔，合称二乔)有可能被曹操掳去关在铜雀台受辱这一具体形象来论断：假如不是有东风相助，孙、刘必败，历史形势可能改观。那么，历史形势有时竟被偶然因素所影响，这怎不叫人扼腕？在诗里直说这种大道理容易令人生厌，如今"借'铜雀春深锁二乔'说来，便觉风华蕴藉，增人百感，此正风人巧于立言处"(引自贺贻孙《诗筏》)。

可以说，杜牧《赤壁》以诗说理在艺术表现手法上的成功，开启了理趣诗一扇大门。从这里出发，宋代诗人更将诗的哲理化升华到一个全新的阶段，开创了哲理诗新时代。而在绝句的结尾中，借事议论，以细节的形象托言人生的道理，使诗意更加含蓄、深邃，更是得心应手，运用娴熟。

知识导读

以小见大是中国哲学与艺术理论中的重要思想。从先秦时期的人们以大为美到六朝时期的人们开始重视"小"的智慧与趣味，中国古人的审美经历了由大到小的过程。

在上一章的知识导读中，我们提到，中国古人认知自我与认知宇宙经常是以"相反相成"的哲学程式来完成的，其中"大与小"这一对概念的相辅相成、对立转化又几乎可以涵盖中国文学以及中国文学精神的各个侧面，表现在各个艺术领域，散发着璀璨的光芒。

朱良志先生在《中国美学十五讲》的第九讲中讲到了"以小见大"的问题并为之定位："以小见大，反映了中国美学的内在超越思想。"这种内在超越，既是认识论的，也是审美的；既是微观的，又是宏大的；既是属于个体生命的，也是属于浩瀚宇宙的。我们将试以朱先生文章为基础，对以小见大的美学理念进行阐释。

自主赏析

与今天相比，中国古人对自然、对宇宙的开发程度是极低的。因其生产力水平的低下，中国古人对自然与宇宙的认识相应地受到了限制。按常理来说，在这种情况下，大自然之于人类会显得愈加神秘、伟大，而人类在自然面前则会弱小无助，宇宙之于人类而言会显得愈加浩瀚无边，而人类在宇宙面前亦会微不足道。在科技发展水平不可与今天同日而语的情况下，中国古代的自然与人在力量上构成了极其严重的不对等关系。

那么，中国古人对自然、对宇宙、对人生的认识是否因为这种不对等而变得胆怯，变得怯弱了呢？

历史、文学、艺术的成果都昭示着，答案是否定的。睿智的古人没有将人与自然对立起来，而是将自身置于宏阔的自然之中，与之共同享受呼吸的畅快与血脉的搏动。

在认知自我与自然关系的过程中，要用怎样的视角去观察，才能不使人从荒山古木、丛林深壑中孤立出来？要用怎样的视角去描摹，才能不让人在如墨的黑夜中、在如织的星子下感到灵长类动物的寂寞？中国古人找到了一条路径——以小见大。

这里所言的认知，更接近于"感知"的概念。它不是科学的、物质的、机械的，而是在科学地、物质地、机械地认知自然之前的一个感知过程。这个感知过程更多是审美的、主观的、感性的。生活在自然之中的古代初民，像是刚刚拥有视觉的婴儿，在襁褓中对一切好奇，但在好奇中并不畏惧。

一、在审美中超越

以小见大，使中国古人得以自信地认识自然，然而其内涵却不仅限于认识自然。"以小见大"地认识自然，并不是为了截取大自然的一个部分，不是为了研究它的一个部件，也不是为了从大自然中找一个典型。以小见大，它关乎认知然而又不止于认知。它并不是一个关于数量的问题，也不仅仅是一个关于部分与整体的关系的问题。关于这一点，朱良志先生有着极为精当的论述。

中国人的以小见大，不是一个数量的问题。如果我们将它理解为从小处看大，由少中把握多，那就是一种知识的态度。以小见大，不是量的广延。以小见大更不是微缩景观，现代城市景观中流行的微缩景观建筑与此是全然不同的。以小见大，最容易使人联想到的西方艺术理论概念就是典型。它是以少概括多，在有限中表现无限。但中国艺术理论的以小见大说的核心不是概括，而是体验，它不是一种类归，而是生命体验的世界。

在这里，朱先生说得很明确。中国古人的以小见大不同于西方的典型理论，它"不是量的广延"，不是类归，它是审美体验的广延。它体验到的不是你物理世界中的事实，而是"生命体验的世界"真实。

古人言"一叶知秋"，例如明人张叔夏在《清平调》中就写道："只有一片梧叶，不知多少秋声。"从审美体验的层面来看，这并不是说落下一片叶子就表征着一个秋天的到来，也不是讲一片叶子固定地象征着一个秋天。而是说，看到这片叶子，审美主体——人的心里就感受到了秋天。抑或说，落叶的季节并不重要，能够激起审美主体心底秋意的原因不是落叶，而是他心里藏了一个秋天。所谓"何处合成愁，离人心上秋"。

因此，以小见大的意义不在信息的获取，而在情感的传递与审美体验的延展。由愁绪到秋叶、由秋叶到愁绪构成了一个循环，这个循环也实现了由抽象的情感到具象的物质，再由具象的物质到抽象的情感的一个回环。正是这个奇妙的回环，让中国古人建立了与自然的心有灵犀：自然的每一点变化，都能在人的心中激起层层涟漪。而这情感的涟漪，由自然的景物与变化而起，也最终被寄托在自然的景物与变化之上。一片黄叶，飘落了多少人心头的哀愁？一枝折柳，见证了多少个送别的渡口？一轮满月，照亮了多少人心底的孤独？一江春水，流经了多少个遥望天际的楼头？一缕菊香，是多少入世人汲汲的追求？一声蝉鸣，是多少出世者苦苦的守候？

这个情感—物象—情感的循环，实现了审美主体内心情感的超越，它不再属于个体的内心活动，而与自然的景物及变化息息相关。以小见大，实现了审美过程中由抽象到具象的超越。

这一超越直接导致了中国古典诗歌"意象理论"的诞生。古人在审美过程中的每一次超越，都实现了审美情感与物象一次新的编码过程。唯有探究这一种内在的超越过程，我们才能在中国古典诗歌以及其他文学、艺术领域进行超越时空的解码。

当个体的情感超越了其自身的局限被寄托到物象上时，当种种物象具有的含义固定下来并成为一种程式的表达时，无数个体的情感往往又可以超越时间，通过口耳相传或文字的形式成为新的触点，在另外一些人审美与抒情之时，像涓涓小溪那样从远古而来，在一个审美主体的心里汇聚成情感的大江大海。也就是说，随着一片黄叶飘零的，往往不是一个人的悲愁，随着一江春水流走的，往往不是一个人的泪水，而是融合了几千年人们在相同境遇下的相似感慨。审美主体会超越当前的情境，而走向历史的深处、自然的深处，走向生命体验与个人情感的深处，甚至可能超越自我的悲喜，而向一切有着相同心境的古人致敬。一叶知秋，千古同愁。苦兮寂寥，悲哉白头。

因此，以小见大，让古人的情感表达实现了又一次的超越——超越时间。以小见大，也能超越空间——文学的空间。

通过文学描写，我们往往能够捕捉到作者在描写中着意展现的空间大小。比如明人张岱的《湖心亭看雪》，他在文中写道："天与云，与山，与水，上下一白，湖上影子，惟长堤一痕，湖心亭一点，与余舟一芥、舟中人两三粒而已。"

雪后的天、云、山、水，上下一白，构成了广大的空间；这舟中的两三粒，便是空间里的小。大，便是这浩瀚的宇宙；小，便是浩瀚宇宙中的人。在大与小的强烈对比之中，我们能够感知到的却不是审美主体的怯弱，更不是一种渺小如我的感慨。相反地，我们看到的是一种自信与从容，是一种超越个体情感的欣喜，仿佛有一个高渺的远镜头在照拂这西湖。而作者也仿佛在镜头之后，有趣地说："看，我们多像小蚂蚁。"

欣赏《湖心亭看雪》，不惟欣赏其文字的简洁、描摹的美景，更要体会文字所铸造的那个博大的空间以及空间中个体的情感。那一种"惟余两三粒而已"的情致不仅是一种简单的文人雅致。在浩大的空间中不怯弱、不孤独，本身就彰显着来自心底的自信与积极。

是不是所有的古人在无边的时间与空间面前都如此自信、从容呢？答案显然是否定的。在将自身与浩瀚的空间比较时，人会发现自我的渺小；在将自己与无涯的时间比较时，人会觉察到人生的短暂。因此会有"哀吾生之须臾，羡长江之无穷"，因此会有"念天地之悠悠，独怆然而涕下"。这种感慨彰显了人类在自然面前的无力，但却不能遮掩人全部的生命力。

那些能够在感慨之后愤然而起的，便是能够以小见大，超越个体苦痛，完成生命升华的人，比如苏轼。

"哀吾生之须臾，羡长江之无穷"，是其《前赤壁赋》里主客问答中客之所言，亦可谓苏轼所言。一问一答，是东坡内心两种想法的博弈。客之所言，看到了个体在时间与空间中的渺小与无奈。诸如曹孟德那样的人物，立下赫赫功绩，被时间磨灭了、淘洗了；如自己这样处境之人，连立功的机遇都是奢谈，在长江与历史面前，更如蜉蝣。小，真的很小，小到无力改变自己的命运，小到须臾而逝，小到看不清来路，看不清去路，看不清人生的意义。主之所答"惟江上之清风，与山间之明月，耳得之而为声，目遇之而成色，取之无禁，用之不竭"，不再将小我与自然对立，而是通过与自然达成的节奏一致去享受自然。自然无穷无尽，我亦无穷无尽。自然即我，我即自然。因此，那个在黄州险些黯淡的文曲星通过这种问答，通过对人与自然关系的重新考量突围了，成为那个我们熟知且敬佩的苏东坡。并且，这种智慧在他余生不断遭遇苦难的时候帮助他一次又一次地超越。

古人以小见大，实现了抽象与具象的超越，实现了对时间的超越，实现了对空间的超越，而所有的超越，最终都是为了对个体生命体验的超越，尤其是对苦痛的超越。

二、在超越中圆足

中国古人借鉴佛门的智慧曰"芥子纳须弥"，进而有了独到的艺术理论。此句亦可以反过来说，即"须弥纳芥子"。"芥"，"覆杯水于坳堂之上，则芥为之舟"的"芥"，草芥、芥子，都是极言其小，微乎其微；须弥，是佛教故事中的高山与想象中的天国。与芥子相比，那是极大且极远的存在。但在中国古人的观念中，这样的大而远也是可以在芥子中显现的。明代学者庄定山说："沧溟水一沤，天地一芥子。"芥子与须弥，在物理的事实上有大小之分，但在感受、体验的真实上没有高低之别。

"一芥""一沤"，其自身是圆满的、具足的，是不需要外物衡量，也不需要外人评定的。它们自身就是一个微观的、完整的世界，需要你用情感、用生命才能体验。一个小小的物件，就可以蕴含大自然的千岩万壑，蕴藏人世间的千言万语，蕴藉历史上的千秋万代。这种生命体验与审美体验浸灌着中国古代文化的方方面面。从文学的书香、绘画的墨色,到园林的亭台楼阁,中国古代的文化瑰宝中随处可见古人以小见大的智慧。

绘画作品可以直接表现空间,包括物理空间,也包括抒情主体——画家与审美主体——欣赏者的精神空间。因此绘画作品中最容易看出以小见大。杜甫有言:"咫尺应须万里。"画家沈迈士老先生也曾说:"中国画的特长即是能以'以小见大'的手法来表现广阔重叠的胜概的。"

因为执着于特定的表现方法——"以小见大",南宋画家马远被人们惯称为"马一角"。从构图的角度讲,他的画常常只取偌大空间的一个角落,画面又极为俭省,并不着意于绘出完整的景物与空间,或观山不见峰,或绝壁不见脚,或月下一孤舟,或一人独坐愁。

《山径春行图》(马远)

在这样的画面里,画家只描画世界的一隅,但他却能感受到整个宇宙,因为之于他,这一隅便是整个天地。看这样的画面,便也不是见山是山,见水是水。而是要在局部的山水中间领悟画家心中的意蕴,感受一个个体在宇宙的洪荒中微弱却又强有力的呼吸。

有趣的是,不仅有"马一角",还有"夏半边"。南宋画家夏圭绘画构图常取半边,焦点集中,显得空间旷大而近景突出,远景淡远,清旷俏丽,独具一格。如他的《溪山清远图》,巨幅的长卷上,近景突出,占据画面的大部空间。远景虚空,山与山石仿佛都是画家在旷远的空间中局部的特写。

《溪山清远图》（夏圭）

中国古人以小见大的智慧还体现在中国古人自造之园亭，如明代王世贞建造的弇山园，清代画家石涛的一枝阁。正如朱良志先生所写，"中国园林有'壶纳天地'的说法"。这些自造园林之意义不在土地面积之广大，不在其中摆设之精美，而在这片微小的天地自足圆具、自得完满。朱先生在文中列举了北京大学校园内的勺园，取"海淀一勺"之意；又举无锡的蠡园为例，讲"一勺水就是大海"；更妙的是，中国人对园林景区的称呼——"小蓬莱""小瀛洲""小南屏""小天瓢"。在称呼上，尽得以小见大之妙。

在布局上，中国园林讲究的曲径通幽也往往使得角落里皆是胜景，无人处可得文章。或以墙隔之，或以窗借之，或以萝披之，或以水映之。那些匠心独运的园林，走进去，处处皆成妙境。

精妙的园林不怕小，因为布置它的人心中自有千岩万壑，自有万千山水。而它本身也是一个完整的世界。那些花花草草、山石藤蔓，若非有心为之，有心赏之，也只是没有生命的搭配；可若读懂了中国

园林小景

文化的解码，将心比心，便可在这些艺术上与艺术家心心相印，获得妙趣。就像朱先生所写的——"中国人说，人为五行之秀气，实天地之妙心，天地无心，以人的心灵为心，万物皆备于我，正是因为人有了这个心灵，狭隘可以转换成旷远，脆弱可以转变为坚强，渺小可以翻转为广大。"

资料信息

朱良志，1955年生，安徽滁州人，北京大学哲学系教授、博士生导师，浙江大学兼职教授，美国纽约大都会博物馆高级研究员。学术专长为中国古代美学、中国艺术观念等，擅长从哲学角度来研究中国艺术问题。主要著作有《中国艺术的生命精神》《扁舟一叶——理学与中国画学研究》《曲院风荷——中国艺术论十讲》《中国美学名著导读》《石涛研究》《生命清供——国画背后的世界》《大音希声——妙悟的审美考察》《中国美学十五讲》《八大山人研究》《真水无香》《南画十六观》等。

探究实践

以小见大，使得中国古人在无边的狂野、无尽的渺茫、无限的厄运、无垠的绝望中得以超越。你能举出哪些古人的例子？

第四章

悲剧美和喜剧美

❀ 编者心语 ❀

人的情感是如此的复杂,却逃不出悲与喜的范畴。悲剧与喜剧,作为戏剧中表现美的重要方式,向我们展示了人物的一颦一笑,竟然可以那样强烈地撩动我们的心弦,使我们不由牵挂全心于他;人物的命运各异,是那样深刻地触动我们的思想,使我们必须反问灵魂于己。或许这正是因为人物在戏剧世界中反映出来的美,或崇高或矛盾,传递给了我们,令我们深深沉浸。

影视文学作品是我们生活中最为常见的审美对象,我们在看见一个个人物的悲欢离合、沉浮进退之外,是否也能洞察一个个人物背后的美学意义,知其所以为美?每一个时代都有每一个时代所必然呈现的悲剧和喜剧,了解一个时代的悲剧与喜剧亦可以窥见那个时代中社会的内在追求。去悲伤、去喜悦吧!你定会看见这个社会与时代不一样的美。

❀ 文学视野 ❀

——作者用高度凝练和跳跃性的语言叙写了自己被贬蛮荒之地,思乡难耐,以致逃亡又不敢归家的悲惨境遇,抒发了孤独、痛苦、思念、渴望、恐惧等复杂、微妙的特殊情感。然而

渡汉江
宋之问

岭外音书断,经冬复历春。
近乡情更怯,不敢问来人。

作者在将自身的悲惨境遇和复杂情感熔铸成作品时，已经超越了自身的得失，站在艺术的高度极力为我们表现一种悲剧美。

知识导读

悲剧和喜剧是两个不同的美学范畴，各有其特征。前者反映能够唤起人们的悲哀、痛苦、同情的事物，而后者则是引人发笑的艺术。悲剧中的哀伤、无奈容易被受众感受到，而喜剧中的讽刺、诙谐却未必能迅速被受众领悟。喜剧不同于悲剧之处，在于悲剧往往直观，而喜剧却能浅入深出，让人在观看完后笑着鼓掌，却在内心最深处留下不灭的无奈、同情的烙印。

自主赏析

鲁迅说："悲剧是把有价值的东西毁灭给人看。"王国维认为："悲剧的美学特性是壮美与崇高，它的审美价值是教化与解脱。"古希腊悲剧巨匠索福克勒斯的代表作《俄狄浦斯王》可以视作人类文艺史上悲剧美学诞生的标志。《俄狄浦斯王》是古希腊悲剧中最知名的，也可以视作命运悲剧的代表作。它一方面描述了俄狄浦斯王勇于对抗杀父娶母的残酷诅咒，却最终倒在命运之神的无情诅咒之下的痛苦、无奈，一方面又歌颂了人性中不畏艰难险阻的可贵品质，以及无怨无悔甘于接受命运残酷安排的勇气与从容。

喜剧美学源于欧美。喜剧美学是窥探人生、道德、底蕴等深层次问题的触角。喜剧意识是美学喜剧性的核心。所谓"喜剧意识"，是指审美主体以鲜明的主体意识，反思人类社会及人类自身的丑恶、缺陷和弱点，发现其反常、不协调等可笑之处，从而实现对自我与现实的超越。喜剧意识通过审美客体、创造主体和审美主体三个方面显现出来：作为喜剧意识的对象化的审美客体应该具有不协调性、矛盾性和反常性特点；创作者的智慧是喜剧意识高度理性化的体现，但其表现形式却是非理性的，主要通过逆向思维和违逆语言常规等方式表现出来；喜剧意识的直觉化表现是受众的笑，这是蕴含着复合情感的审美的笑，反映了审美主体的审美评价和判断。例如电影《摩登时代》中的流浪汉、失业工人、少女，这些生活在社会下层的人物，他们是如何在边缘上挣扎求存的？作者用让人笑掉大牙的一幕幕经典镜头组合，让人们既感受到了全身心的欢愉，又在观看后久久地回味到了他们人生的无奈。

一、悲剧美

悲剧美是美学的主要范畴之一。它是在戏剧性的矛盾冲突和悲剧性的艺术表现中对美的肯定，而且往往与崇高和壮美相联系，使人产生深沉而巨大的同情共感和心灵震撼，并以其深刻的艺术感染力给人以激励和启示，引发人们深层次的审美感受。

（一）定义

悲剧就是指主体遭遇到苦难、毁灭时所表现出来的求生欲望、旺盛的生命力的最后迸发以及自我保护能力的最大发挥，也就是说所显示出的超常的抗争意识和坚毅的行动意志。悲剧理论认为悲剧性就是指人对死亡、苦难和外界压力的抗争本性；悲剧主体具有强烈的自我保存和维护独立人格的欲望，往往因为对现状的不满而显示出强烈的不可遏制的超越动机，并能按自己的意志去付诸行动，即使命运使他陷入苦难或毁灭境况之中，他也敢于拼死抗争，表现出九死不悔的悲剧精神。

（二）发展历程

悲剧是戏剧的主要体裁之一。它源于古希腊，由酒神节祭祷仪式中的酒神颂歌演变而来。在悲剧中，主人公不可避免地遭受挫折，受尽磨难，甚至失败丧命，但他们合理的意愿、动机、理想、激情预示着胜利、成功的到来。

世界上最早的悲剧是古希腊悲剧。古希腊悲剧是整个西方戏剧的起源，所以悲剧是最古老的戏剧体裁。

古希腊三大悲剧诗人是欧里庇得斯、索福克勒斯和埃斯库罗斯（"悲剧之父"）。

著名的古希腊悲剧有《被缚的普罗米修斯》《俄狄浦斯王》《安提戈涅》《美狄亚》等。

欧洲文艺复兴时期，以莎士比亚为代表的戏剧家们，把悲剧艺术推向高峰。

我国古典戏曲中，也曾涌现出很多杰出的悲剧作品，如元杂剧《窦娥冤》《桃花扇》，传统剧目《梁山伯与祝英台》等，都是屡演不衰的优秀悲剧作品。

《窦娥冤》剧照（关汉卿）

（三）类型

在戏剧史上，悲剧的题材经历了一个由窄而宽的发展过程，人物性格也由单纯趋向复杂，描写则由外在矛盾伸向内在矛盾。古典主义时期以前，悲剧多取材于神话、传说、民族史诗，主人公只有超人的神祇、高贵血统的王公贵族才有资格担当。一般说来，那时的人们崇尚英雄悲剧，侧重从国家生活、宗教生活、伦理生活中撷取惊心动魄的场景，表现激烈的感情、崇高的思想、伟大的人格、不朽的精神。随着19世纪批判现实主义文学的兴起，下层人民苦难的生活才成为悲剧的表现对象。到了近代，悲剧愈益面向现实的、平静的、日常的生活，重视表现人的内在精神活动。根据悲剧所涉及生活范围的不同，一般分为3种类型。

1. 英雄悲剧

这类悲剧往往表现政治斗争、阶级斗争、民族斗争等重大题材。悲剧双方往往是不同阶级、不同政治力量的代表，正义与邪恶势力营垒分明。悲剧主人公一般禀赋高贵，具有崇高的品质，肩负着不寻常的使命，忠实于自己的公民职责,将国家、阶级、民族的利益看得至高无上,为此不惜牺牲爱情、亲人和生命。如古希腊悲剧《被缚的普罗米修斯》,主人公盗天火给人间,勇敢地反抗众神之父宙斯。法国古典主义剧作家高乃依、德国剧作家席勒创作的悲剧,也多数属于"普罗米修斯"式的英雄悲剧。拉辛与歌德等也创作过此类悲剧。中国古典戏曲《清忠谱》《赵氏孤儿》等也可归属于英雄悲剧。

2. 家庭悲剧

表现家庭之间、家族内部各种复杂的伦理关系及不同的人生价值观念、道德法则酿成的激烈矛盾冲突。古希腊悲剧《复仇神》《厄勒克特拉》《美狄亚》《伊菲革涅亚在陶里斯》都是这类悲剧。此外,很多表现爱情悲欢离合的悲剧也近似于"家庭悲剧",像莎士比亚的《罗密欧与朱丽叶》、拉辛的《菲德拉》、中国戏曲《牡丹亭》《梁山伯与祝英台》及曹禺的话剧《雷雨》等。这种类型的悲剧不同于英雄悲剧,它不直接表现各派政治力量、不同阶级之间的正面冲突,而是在社会政治风云变幻的背景之前,透过家庭关系和伦理道德观念的冲突展现出时代的种种矛盾。

《雷雨》剧照(曹禺)

3. 命运悲剧

这类悲剧所表现的矛盾冲突贯穿整个人类社会生活,表达了人类对自由的向往和追求以及对理想社会的渴望,并力图认识、掌握、驾驭自然、社会及人自身,展现着人类从必然王国走向自由王国的艰难历程。这种类型的悲剧实际上是必然与自由的悲剧冲突。所谓"命运",不过是那不以人的意志为转移的客观规律及自然与社会的法则,即一定社会历史条件对人的生命活动的限定。《俄狄浦斯王》便是一部人与命运抗争的悲剧,尽管悲剧主人公最终亦未摆脱命运的罗网，但他却在不妥协的抗争中获得了自身的价值。歌德的《浮士德》通过悲剧主人公探讨着人生的目的。浮士德几乎把人生的一切苦果与美酒都尝过，终于发现官能的享受、知识的追求以及科学、艺术、爱情的甘甜都是有限的；唯有亿万人民永不衰竭的热情，永不停息的创造，改天换地的伟大实践，才是人生最伟大的目标。在这里，个人找到了与自然、与社会、与人类同一的永恒价值。当代有些剧作家从人在荒诞的世界中的尴尬处境寻找悲剧题材，借以表现人们对失去了的人的本质力量的渴求。贝克特的《等待戈多》再现了现代西方人的一种悲剧意绪：对物质生活的追求都在逐步实现，但人们又普遍感到还有更重要的未能得到。剧中人物在光秃如沙漠的舞台上欲生不能，求死不得，做着一连串莫名其妙的动作，讲着不知所云的话语，在等待着"戈多"。然而戈多没有来，也不知何时能来，更不知戈多为谁，但必须等待下去。在这类悲剧中，悲剧人物的对面是异己的自然力、社会力，人就是与这些无形而又不存在的力量顽强斗争着。必然与自由的矛盾冲突，是人类社会生活中最深层次的矛盾冲突。实际上，这三类悲剧冲突归根结底也都表现着必然与自由的斗争，只不过是在特定的领域中进行的。

（四）代表作品

著名的悲剧有许多，如《红楼梦》《俄狄浦斯王》《被缚的普罗米修斯》《安娜·克里斯蒂》《浮士德》《哈姆雷特》《雷雨》《椅子》《奥赛罗》《李尔王》《麦克白》。著名的悲剧作家不计其数，如曹雪芹、埃斯库罗斯、索福克勒斯、莎士比亚、斯特林堡等。

《哈姆雷特》（莎士比亚）

《被缚的普罗米修斯》（埃斯库罗斯）

《贵人迷》剧照（莫里哀）

二、喜剧美

（一）定义

喜剧是戏剧的一种类型，一般以夸张的手法、巧妙的结构、诙谐的台词及对喜剧性格的刻画，从而引人对丑的、滑稽的予以嘲笑，对正常的人生和美好的理想予以肯定。喜剧源于古希腊，由在收获季节祭祀酒神时的狂欢游行演变而来。在喜剧中，主人公一般以滑稽、幽默及对旁人无伤害的丑陋、乖僻，表现生活中或丑或美或悲的一面。

（二）发展历程

喜剧作为一种戏剧体裁，最早产生于古希腊。它的希腊文 komoidia（意为狂欢歌舞剧），是由 komos（意为狂欢队伍之歌）与 aeidein（意为唱歌）合成。它起源于农民在收获葡萄时节祭祀酒神时的狂欢游行，游行者化装为鸟兽，载歌载舞，称之为 komos。希腊本部的梅加腊人于公元前 7 世纪初把它演变为一种滑稽戏，成为喜剧的前身。此后，它作为一种戏剧体裁逐步发展成熟。

在中国，约 12 世纪才产生出成熟的喜剧艺术。但它的起源却很早，雏形可追溯到秦汉，当时的俳（即俳优），乃是以乐舞戏谑为业的艺人。到唐宋时期流行的参军戏，主要由参军、苍鹘两个角色表演，通过滑稽的对话和动作，引人发笑，实际上也是一种以调侃、诙谐为主的表演形式。直到宋代以后，这些表演形式才有了完整的情节内容，产生出戏剧意义上的喜剧。

欧洲最早的喜剧是古希腊喜剧，代表作家是阿里斯托芬；16、17世纪以莎士比亚、莫里哀为代表；18世纪，意大利的哥尔多尼及法国的博马舍是欧洲启蒙运动时期喜剧的代表；19世纪以俄国的果戈理为代表。中国古典戏曲中也有丰富的喜剧遗产，如《救风尘》、传奇《玉簪记》、传统剧目《炼印》等，都是优秀的喜剧作品。

《救风尘》剧照（关汉卿） 　　　《鸟》剧照（阿里斯托芬）

（三）特点

亚里士多德在《诗学》中已经谈到喜剧的特征，他认为："喜剧模仿的是比一般人较差的人物，所谓'较差'，并非指一般意义上的'坏'，而是指丑的一种形式，即可笑性（或滑稽），可笑的东西是一种对旁人无伤，不至引起痛感的丑陋或乖讹。"概括地说，喜剧的基本特征是：遵从滑稽突梯的艺术规律，运用各种引人发笑的表现方式和表现手法，把戏剧的各个环节，诸如语言、动作、人物的外貌及姿态、人物之间的关系、故事情节等均加以可笑化，使得本质与现象、内容与形式、愿望与行动、目的和手段、动机与效果相悖逆，相乖讹，从中产生出滑稽戏谑的效果。

（四）类型

1. 讽刺喜剧

一般说来，讽刺喜剧以社会生活中的否定事物为对象。喜剧人物通过活动所一心一意追求的目的，或者已是陈腐的、过时的、没有了合理性，或者为达到目的而从事的活动本身即是虚幻的，人物愈是积极活动，便愈是加速目的在现实中的落空。失去历史的真实性和现实意义的喜剧活动，便是滑稽的，足称之为讽刺。如莫里哀的《贵人迷》，嘲笑粗俗的资产阶级暴发户竭力追慕贵族上流社会的生活方式；《伪君子》讽刺已经丧失任何实在内容的宗教崇拜；果戈理的《钦差大臣》，锋芒所向直指沙皇黑暗统治下的官僚体制；而《看钱奴》则是中国现存的第一部讽刺喜剧。

2. 幽默喜剧

在幽默喜剧中，喜剧人物所追求的目的有其正当性、合理性，甚至旨趣是高尚的，有积极意义的，但是他为达到目的而从事的活动本身却与目的背道而驰，他的行动恰恰使他的目的落空。阿里斯托芬流传下来的喜剧，多数属于这类喜剧，如《阿卡奈人》；著名的喜剧性人物堂吉诃德以自己一躯羸弱之体，要替天下铲除不平之事，堂吉诃德留给世人的印象是可笑而又可敬的；中国古典戏曲中的《李逵负荆》是一部成功的幽默喜剧。

3. 欢乐喜剧

强调人的价值，提倡个性解放，反对禁欲主义，在欧洲文艺复兴时期形成一股强大的思想潮流。在那个时代，莎士比亚创作了一批喜剧作品，主旨在于表现自由自在的生命，表现人生的甜美、青春的幸福、无拘无束的享乐。这类作品可称之为欢乐喜剧。代表性作品有《仲夏夜之梦》《第十二夜》《温莎的风流娘儿们》《驯悍记》等。《仲夏夜之梦》中那些阴差阳错的离奇景象构成梦幻般的氛围，爱神丘比特的箭悄悄射出，中箭的心在爱的神奇力的鼓动下盲目地冲动起来。

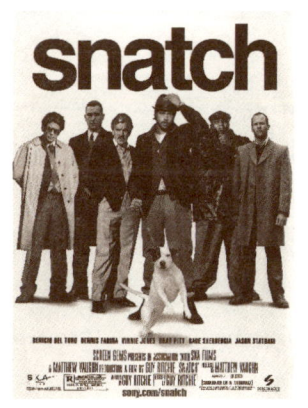

幽默喜剧片《SNATCH》
[（英）盖里奇导演]

4. 正喜剧

正喜剧不同于其他喜剧，它的特点在于：从表现生活的否定方面变为表现生活中肯定的方面，笑不再用来针砭人的恶习、缺点、卑下，而主要用来颂赞人的美德、才智、自信。18世纪意大利戏剧家哥尔多尼的《一仆二主》《女店主》，法国戏剧家博马舍的《费加罗的婚姻》，都属于此类。中国元代戏曲家关汉卿的《救风尘》也可以被列入正喜剧。在这类喜剧作品中，尽管也有戏谑、嘲讽的对象，如《费加罗的婚姻》中贵族初夜权的陋习、贵族老爷的朝三暮四，《救风尘》中的放荡、薄情等，但全剧的主旨却在于表现主人公的机智、勇敢，对友谊、爱情的忠贞，对邪恶的憎恨及其斗争之顽强。

5. 荒诞喜剧

在现代西方社会中，把人生最深层的苦难与死之最终被扭曲，送进颠倒的喜剧王国，便构成荒诞喜剧，或曰怪诞喜剧。贝克特的《等待戈多》，可以看作荒诞喜剧的代表作。在光秃如沙漠的舞台上，剧中人物做着一连串无可奈何、莫名其妙的动作，讲着不知所云的话语，在等待着"戈多"。然而戈多迟迟不来，也不知何时能来，更不知戈多为谁，但他们却只能这样等待下去。在这部戏剧作品中，发生在人们心中的悲剧意绪竟化为滑稽的境况，用以隐喻人在现实社会中的尴尬处境。

6. 闹剧

闹剧来源于法文 farce 和拉丁文 farcio，前者意为肉馅，后者意为填馅，又可译为笑剧。它一般属于粗俗喜剧之列，即通过逗乐的举动和蠢笨的戏谑引人发笑，而缺少较深刻的旨趣意蕴。其中最有名的是《巴特兰闹剧》（1486年），主要讲述律师巴特兰骗取布商的布匹，并帮助牧童同布商打官司终获胜诉，最后，牧童摆脱了律师的勒索，并把他教训了一顿。莫里哀的喜剧，也包含着某些闹剧的成分。

（五）代表作品

著名的喜剧有《鸟》《伪君子》《钦差大臣》《温莎的风流娘儿们》《一仆二主》《老妇还乡》《巴特兰闹剧》等。

代表性的喜剧电影则有以下这些：

1.《神枪小子》(*Blazing Saddles*)(1974)；
2.《小银幕大电影》(*The Kentucky Fried Movie*) (1977)；
3.《逢凶化吉满天飞 / 空前绝后满天飞》(*Airplane*)(1980)；
4.《笑破铁幕》(*Top Secret*)(1984)；
5.《月亮中的亚马孙女人》(*Amazon Women on the Moon*)(1987)；
6.《太空炮弹》(*Spaceballs*)(1987)；
7.《白头神探》(*The Naked Gun*) 三部曲 (1988/1991/1994)；
8.《超高频》(*UHF*)(1989)；
9.《反斗神鹰》(*HOT SHOTS!*)(1991)；
10.《奸情一箩筐》(*Fatal Instinct*)(1993)；
11.《罗宾汉也疯狂》(*Robin Hood:Men In Tights*)(1993)；
12.《吸血鬼也疯狂》(*Dracula:Dead And Loving It*)(1995)；
13.《胡说霸道》(*Jane Austen's Mafia!*)(1998)；
14.《惊声尖笑》(*Scary Movie*) 四部曲 (2000/2001/2003/2006)；
15.《少儿不宜》(*Not Another Teen Movie*)(2001)；
16.《昆宝出拳》(*Kung Pow:Enter the Fist*)(2002)；
17.《我的巨型独立电影》(*My Big Fat Independent Movie*)(2005)；
18.《约会电影》(*Date Movie*)(2006)；
19.《愤怒的乒乓球》(*Balls of Fury*)(2007)；
20.《史诗电影》(*Epic Movie*)(2007)；
21.《这不是斯巴达》(*Meet the Spartans*)(2008)；
22.《三傻大闹宝莱坞》(*3 Idiots*)(2011)。

《喜剧之王》剧照

《人在囧途》剧照

资料信息

威廉·莎士比亚（William Shakespeare，1564—1616年），欧洲文艺复兴时期英国最重要的作家，杰出的戏剧家和诗人。他创作了大量脍炙人口的文学作品，在欧洲文学史上占有特殊的地位，被喻为"人类文学奥林匹斯山上的宙斯"。他与古希腊三大悲剧家埃斯库罗斯（Aeschylus）、索福克里斯（Sophocles）及欧里庇得斯（Euripides），合称为戏剧史上四大悲剧家。代表作品：《罗密欧与朱丽叶》《哈姆雷特》《李尔王》《奥赛罗》《威尼斯商人》《驯悍记》等。

探究实践

请自己选择一篇最喜欢的文学作品，然后欣赏它的悲剧美或者喜剧美。

第五章

阳刚美和阴柔美

🌸 编者心语 🌸

阳刚与阴柔,在许多文化中被视为构成世界的两种属性。二者冲突激荡,从中诞生了美。有人偏爱长枪大马、谈笑成功,也自然有人欣于温婉秀丽、亭亭玉立。我们高中生对于美的追求,也常常有所倾向。在美学中,阴柔与阳刚是一对矛盾,各个艺术领域的创作者对此都有自己精到的理解和独到的处理方法。阴阳相济的理念不是《易经》所独有,而更像是一种美学的共识。

如果你问我对于阳刚和阴柔的偏爱,我大概很难给出一个明朗的答复,我只能带你去欣赏。出入于诗画书法、影视音乐、园林建筑;游走在刚健天道、妩媚青山、物我之境。我想或许能带来你自我的解答。

🌸 文学视野 🌸

——词的前半阕以三国时孙权自况,极言出猎的壮观。后半阕又以汉文帝时魏尚自比,希望能被朝廷重用去守卫边疆,狠狠打击国家的敌人。苏轼说这首词曾"令东州壮士抵掌顿足而歌之,吹笛击鼓以为节,颇壮观也。"其音韵、声调、节奏之高亢、雄健,引发了审美主体刚健豪放、意味无穷的美好感受。

江城子
苏轼

老夫聊发少年狂,左牵黄,右擎苍。锦帽貂裘、千骑卷平冈。为报倾城随太守,亲射虎,看孙郎。酒酣胸胆尚开张,鬓微霜,又何妨?持节云中、何日遣冯唐?会挽雕弓如满月,西北望,射天狼。

声声慢

李清照

寻寻觅觅，冷冷清清，凄凄惨惨戚戚。乍暖还寒时候，最难将息。三杯两盏淡酒，怎敌他、晚来风急？雁过也，正伤心，却是旧时相识。满地黄花堆积。憔悴损，如今有谁堪摘？守着窗儿，独自怎生得黑？梧桐更兼细雨，到黄昏、点点滴滴。这次第，怎一个愁字了得！

——作品通过描写残秋所见、所闻、所感，抒发自己因国破家亡、天涯沦落而产生的孤寂落寞、悲凉愁苦的心绪，具有浓厚的时代色彩。开篇连下十四个叠字，形象地抒写了作者的心情；下文"点点滴滴"又前后照应，表现了作者孤独寂寞的忧郁情绪和动荡不安的心境。亡国之恨，丧夫之哀，孀居之苦，凝集心头。全词一字一泪，风格深沉凝重，哀婉凄苦。

知识导读

阴柔美与阳刚美，是中国传统美学的两种审美范畴，在西方称为"优美"与"崇高、壮美"。

"其得于阳与刚之美者，则其文如霆、如电、如长风之出谷、如崇山峻崖、如决大川、如奔骐骥……其得于阴与柔之美者，则其文如升初日、如清风、如云、如霞、如烟、如幽林曲涧，如沦、如漾、如珠玉之辉，如鸿鹄之鸣而入寥廓……"这是清代桐城派代表人物姚鼐在论述阴柔之美与阳刚之美时生动的描绘，由此给阴柔与阳刚以鲜明的对比。所以阴柔美常常给人以女性的、柔滑的、流畅的、饱满的感觉；阳刚美则给人以男性的、有力的、粗犷的、坚定的、厚重的感觉。

自主赏析

老子说："大音希声、大象无形。"孟子说："充实之谓美，充实而有光辉之谓大。"庄子说："天地有大美而不言。"大与充实、雄浑、恢宏、阳刚、辉煌、巨丽、崇高、无限相联系、相融合，构成一种壮美的境界。

中国的艺术创造，如秦始皇陵兵马俑，汉霍去病墓石雕，以及音乐、书法、绘画、诗歌、建筑艺术中所呈现的气象，都体现出大美、壮美、宏阔之美、雄强之美、巨丽之美的审美追求。而"鼐闻天地之道，阴阳刚柔而已。文者，天地之精英，而阴阳刚柔之发也"，《复鲁絜非书》中这段话说明阳刚之美和阴柔之美，缺一而不可调和。姚鼐在《海愚诗钞序》中也提出："苟有得乎阴阳刚柔之精，皆可以为文章之美。阴阳刚柔并行而不容偏废。有其一端而绝亡其一，刚者至于偾强而拂戾，柔者至于颓废而闇幽，则必无与于文者矣。"从以上观点强调，阴柔和阳刚必须有机地调和才能创出一种至尚的作品。

一、阳刚美与阴柔美在艺术领域的体现

美是心灵和时代的透视窗口。任何一种美都是和时代的脉搏紧紧相结合而产生的。

古典《易经》的哲学思想说："太极生两仪。"两仪就是阴和阳，万物有阴阳向背，从古典美学的角度讲就是阳刚之美和阴柔之美。天为阳，地为阴，天为阳刚，地为阴柔。阳刚为雄浑、豪放、壮丽、奔放；阴柔为淡雅、柔和、飘逸、含蓄绵密。阴阳为天地万物之本。阴阳调和而生万物。因此艺术的美有阳刚和阴柔之意，然而阳刚与阴柔是对立的统一。两者相反相成，必须刚柔相济，才是一种完全的至尚至美。

打开世界历史的文化宝库，其中体现阴柔之美与阳刚之美的艺术经典比比皆是。

你去雅典看古希腊建筑，有柱无墙，柱子的风格很不一样。你看多立克柱式，像男子汉一样粗犷浑厚朴实，一个个凹槽更增加柱子的挺拔感，是阳刚之美；你再看爱奥尼亚柱式，柱身细长，柱头的圆形螺旋好像水柱上喷遇到阻力时形成的漩涡，温婉妩媚，像女孩子一样颀长秀丽，是阴柔之美。你看范宽的《溪山行旅图》，北方的高山大川，庄严浑厚，方方正正，是阳刚的美；你看黄公望的《富春山居图》，江南的青山绿水，清丽温润，蜿蜒曲折，是阴柔的美。同样道理，万里长城，虎踞龙盘，雄视天下，是阳刚的美；苏州园林，玲珑婉转，曲径通幽，是阴柔的美。鸟巢外形就是阴柔之美，而它的构成元素——直线钢架却是

阳刚美；水立方的外形是阳刚美，但外墙面水泡状效果却有阴柔之美；上海东方明珠电视塔的整体感觉是阳刚美，加入了球状结构就多了阴柔之美。

鸟巢

你听贝多芬的《英雄》交响曲，雄壮、阔大，充满暴风雨般的激情，属阳刚之美；你再听莫扎特的《小步舞曲》，柔媚、轻松、优雅，甚至有点慵懒，属阴柔之美。

你看德拉克罗瓦的《自由领导着人民》，一位半裸女性，那是自由女神，在硝烟弥漫中，冲锋陷阵，率领着千军万马在为自由而战，那是阳刚的美；你再看安格尔的《大宫女》，玉体横陈，淡然回眸，美丽的大眼睛如秋水一般清澈，起伏有致的线条修长性感，那是阴柔的美。

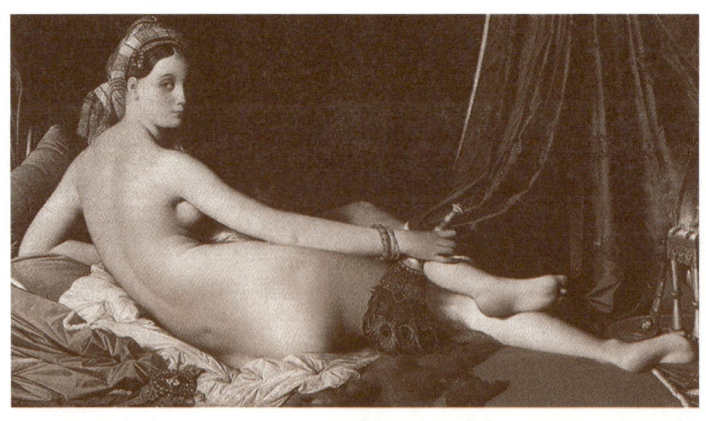

《大宫女》（安格尔）

鲁迅曾说：无情未必真豪杰，怜子如何不丈夫。儿女情长未必就英雄气短。阳刚的美和阴柔的美非但不矛盾，甚至可以互相辉映。豪放派的苏辛有妩媚，婉约派的柳永也有悲壮。苏东坡有"大江东去，浪淘尽，千古风流人物"，也有"明月如霜，好风如水，清景无限"；辛弃疾有"青山遮不住，毕竟东流去"，也有"众里寻他千百度，蓦然回首，那人却在，灯火阑珊处"。柳永有"今宵酒醒何处，杨柳岸，晓风残月"，也有"霜风凄紧，关河冷落，残照当楼"。李后主有"离恨恰如春草，更行更远还生"，也有"四十年来家国，三千里地山河"……

二、书法中的阳刚美与阴柔美

书法作品提及阳刚之美，人们很容易联想到颜真卿、柳公权的楷书，张旭、怀素的狂草。书法艺术阳刚之美的基本特点是内烈外刚，奔放劲健，主要表现在两个方面：从气势上看，磅礴雄壮，"行神如空，行气如虹，巫峡千寻，走云连风"是也；从境界上看，阳刚之美雄浑、开阔，显示出涵盖万物、豁畅放达的胸襟气度。简言之，书法的阳刚气势，其表现，一是力度大，二是速度快。但是，世间有阳刚之男子汉，又有阴柔之玲珑俏女子。书法者追求完美，刚柔相济是书法的最高境界。

书法形质之美，美在线条。

线条神采品质有阴柔和阳刚之分，一切皆源自于笔法。书法形质有巧拙之分，巧为实，拙为虚，虚实对应。书法神采有虚实之辨，虚为实，实为虚。书法有法为实，书法无法为虚。有法之法是初级法，无法之法是高级法。看似无法倒有法，唯见有法似无法。有法是实法，无法是拙法。弘一法师之书法是无法之法。线条品质神采阳刚之美表现为雄强、厚重、宏达、肆意、质朴、张扬，线条品质神采阴柔之美表现为秀丽、小巧、玲珑、羞涩、乖巧、含蓄。

《多宝塔碑》（颜真卿）

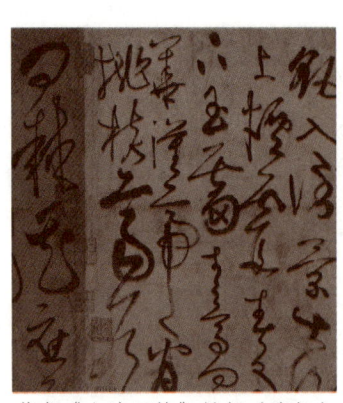

草书《古诗四帖》局部（张旭）

线条品质是书法艺术的根基元素。书法字法构成是由书法的造型艺术元素组成，造型艺术也有阳刚和阴柔之分。书法形质线条的阳刚之美表现为方笔、外拓，书法形质线条的阴柔之美表现为圆润、收敛。书法节奏韵律之美，美在刚柔相济的艺术境界。刚柔相济就是把书法艺术提升到完美的境界。

既然线条神采品质有阳刚、阴柔之分，造型神采品质也有阳刚、阴柔之分，一切皆源于造型布局之张扬特征。而线条作为根基元素，必然要融入造型品质之中。书法形质造型阳刚之美表现为主笔突出、欹正对比，书法形质造型阴柔之美表现为造型妩媚、姿态婀娜。

线条与造型神采形成造型品质的几种类型：①阳刚线条＋阳刚造型＝阳线阳字造型（阳气太盛）；②阳刚线条＋阴柔造型＝阳线阴字造型（刚柔相济A）；③阴柔线条＋阳刚造型＝阴线阳字造型（刚柔相济B）；④阴柔线条＋阴字造型＝阴线阴字造型（阴气太盛）。以上四种类型，选择符合书法美学原理的最高境界——刚柔相济，唯上②、③符合书法美之极则。在这A、B两型中，由于线条品质的表现性要弱于造型品质的表现，所以，A型属于偏柔性的刚柔相济型，B型属于偏刚性的刚柔相济型。A型B型相比较，B型阴线阳字造型，即圆笔＋刚性造型为最高境界的佼佼者。刚柔相济之书法艺术，其刚、其柔，已经不是普通的刚和柔，而是提升为理性的、艺术化、抽象的刚和柔。其刚，犹如京剧、秦腔，演绎得荡气回肠，令人撕肝裂肺；其柔，犹如越剧温柔似水、广东音乐之阴柔典雅，演绎得令人神经酥软。而刚柔相济，就是把这种"演绎得荡气回肠，令人撕肝裂肺"和"阴柔典雅，演绎得令人神经酥软"的神、气、韵高度结合的综合艺术。

这种结合，不是黏合，不是混合，更不是嫁接，而是高度融合的，你中有我、我中有你的那种无缝对接，又有血脉气韵贯通的完美的整体艺术品。

三、绘画中的阳刚美与阴柔美

画家在绘画时追求一种阴柔之美和阳刚之美的和谐统一。

例如，在画老虎时可以把虎的具象画成自我意象的概念，把它看作一种人性化的思维。从虎的另一方面写虎的思想、情感、有爱、和善和威严。从人性化的角度写虎的母爱、童趣、慈祥等。在画虎中，许多画家是画它的威猛、刚烈、咆哮。从美学的角度那是一种阳刚威猛之美，但缺少一种阴柔之美。

画虎时，皮毛、结构非常逼真，有一种真实的柔美。把虎画到真实自然、淋漓尽致、至高至美。从作品中没画它的咆哮，但画出虎有父亲般的威严、慈祥，那是一种阳刚之美。同时也画出虎的轻柔，像母亲的抚爱，孩子的童话等，是一种阴柔之美。总之，把它看作一种语言和情感，这种语言和情感融合着我们对万物的和谐与协调。它是一种至尚之美，也是一种阴柔和阳刚统一的精华之美。

四、影视作品中的阳刚美与阴柔美

有一种美，阴柔又俊美。影视作品中的女扮男装造型，以阴柔之美诠释不一样的阳刚之气。例如刘嘉玲、林青霞、章子怡等，她们都是女扮男装专业户。她们虽不是男人，但却有着男人羡慕的俊美面容，正是这种俊美面容让无数少女将她们视为偶像。下面细数一下那些女扮男装的影视作品形象。

听说在拍完《东邪西毒》时，大家太压抑，就随便拍了部《东成西就》，结果就成经典了。片中群星荟萃，包袱不断，全程爆笑不断。片中的刘嘉玲女扮男装，饰演的中神通周伯通，神经兮兮却很招人可爱，一下颠覆了她的本色形象，也成为荧幕经典。

《东成西就》刘嘉玲

袁咏仪在电视剧《花木兰》中女扮男装饰演花木兰一角，这是本片成功的重要因素，因为袁咏仪亭亭玉立，正气凛然，很符合花木兰这一形象。

《天下无双》中王菲女扮男装饰演公主一角，遇见霸气侧漏的龙哥，顿生爱慕。而龙哥一直拿她当兄弟看，得知她是公主后又觉得自己配不上，加上太后的阻挠，于是决定放弃。然而公主却再次逃出皇宫，为爱痴狂。王菲的表演，完美表现了公主的坚定与倔强。

《笑傲江湖之东方不败》中林青霞女扮男装饰演东方不败一角，颠覆经典，首次由女性来饰演这一角色，让人们深深地刻印在心中。而林青霞演出了角色的洒脱、豪迈、英姿飒爽，双眉之间透着英气，成为许多人心中永远的东方不败。

徐娇女扮男装饰演《长江七号》中小狄一角时，蓬头垢面，做事大大咧咧，把小男孩演得生动活泼。刚开始很多人还以为这就是个男孩。

李嘉欣在《方世玉》中女扮男装饰演雷婷婷一角，精致的脸蛋配上古装后，显得风度翩翩。她为了方世玉争风吃醋，尽显母老虎本色。整体感觉既儒雅大方，也不失可爱。

周迅在《龙门飞甲》中女扮男装饰演凌雁秋一角，她本来就比较有男生相，扎起头发来，再配一身古装，就更贴近片中角色了。

章子怡在《卧虎藏龙》中女扮男装饰演小师妹一角，不得不说章子怡是标准的东方美女，把头发梳起来，英气蓬勃。她宽袖起舞那段戏也堪称经典，美不胜收。

李若彤在《大内密探零零发》中女扮男装饰演琴操一角，让人耳目一新，同时也不禁惊叹，即便画了小胡子和吐血烟圈，她的男装扮相还是这么美。

 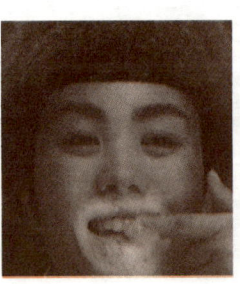  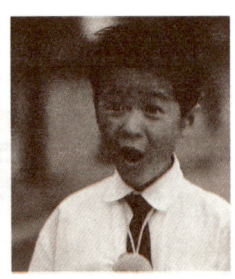

《花木兰》袁咏仪　　《天下无双》王菲　　《笑傲江湖之东方不败》林青霞　　《长江七号》徐娇

《方世玉》李嘉欣　　《龙门飞甲》周迅　　《卧虎藏龙》章子怡　　《大内密探零零发》李若彤

资料信息

　　姚鼐作为桐城派的集大成者，系统明确地提出阳刚阴柔之说，这一理论的形成发展有着深厚的历史源流。与西方美学中的壮美、优美的概念相比，它们有相通之处但并不相同。姚鼐首次明确提到阳刚阴柔之美，把美分为这两种形态，除此之外，他还谈到了处于这两种极端之间的复杂形态，刚柔相济，或偏于阳刚，或偏于阴柔，以及刚柔相错的各种形态。他的文论思想来源于《周易》里中国传统的天人合一思想。值得注意的是，姚鼐对于阳刚与阴柔不同于曹丕的无价值判断、无倾向性，姚鼐更倾向于阳刚之美的文章，但与此同时，他又是不否定阴柔之美的。

　　实际上，"阳尊阴卑"的观念自古就有，董仲舒《春秋繁露》里"尊阳抑阴""男尊女卑"的思想甚是明显。姚鼐论文时，显示出的阳刚之美的倾向性很大程度上就是受到这种"阳尊阴卑"的传统思想的影响。姚鼐的理论主张刚柔相济而更偏向阳刚美，但他的实际创作却更为倾向阴柔美。

探究实践

　　请选择一部艺术作品，谈一谈它是如何体现阳刚之美与阴柔之美的。

第六章

飘逸美

❀ 编者心语 ❀

　　一个武林高人头戴斗笠，身背宝剑，在绝壁之上轻疾高飞，长衫随风飘舞，这是在电影里常见的画面。它会让人心中油然而生敬仰和向往，畅想有朝一日自己也能如风轻舞，洒脱自然。又或是在某一书法展览上，一幅草书笔墨恣意，线条飞舞，无拘无束，书家随心而动的那份惬意，令观者感慨万千。又或是捧读诗文，意象通天达地，思绪策马山河，意境纵心驰骋，何其美好。飘逸是一种风格，更是一种气质和品德，影响着一代又一代中国人的审美。

❀ 文学视野 ❀

庐山谣寄卢侍御虚舟
李白

　　我本楚狂人，凤歌笑孔丘。手持绿玉杖，朝别黄鹤楼。五岳寻仙不辞远，一生好入名山游。庐山秀出南斗傍，屏风九叠云锦张，影落明湖青黛光。金阙前开二峰长，银河倒挂三石梁。香炉瀑布遥相望，回崖沓嶂凌苍苍。翠影红霞映朝日，鸟飞不到吴天长。登高壮观天地间，大江茫茫去不还。黄云万里动风色，白波九道流雪山。好为庐山谣，兴因庐山发。闲窥石镜清我心，谢公行处苍苔没。早服还丹无世情，琴心三叠道初成。遥见仙人彩云里，手把芙蓉朝玉京。先期汗漫九垓上，愿接卢敖游太清。

——诗人以大手笔描绘了庐山雄奇壮丽的风光,可谓描写庐山的千古绝唱。同时,此诗也表现了诗人的豪迈气概,抒发了诗人寄情山水、纵情遨游、狂放不羁的情怀,表达了诗人想在名山胜景中得到寄托,在神仙境界中逍遥的愿望,流露了诗人因政治失意而避世求仙的愤世之情。起句即用典,以楚狂自比,不是归隐逃避,而是高唱凤歌嘲笑孔丘做官的徒劳,纵逸清刚之气充盈其间。写景处,诗人先粗绘,后细描。从仰视到总摄,登临高峰,见长江浩荡东泻,一去不返;万里黄云,瞬息变幻;茫茫九派,白波汹涌,浪高如山。受挫于永王璘事件的李白仍将长江景色写得境界高远,气象万千。最后诗人以仙自比,接卢敖共游仙境。反用《淮南子·道应训》中的神话传说,更体现诗人胸怀广阔。虽然盛事难再,人生无常,年事已高,但李白还是那么坦荡自然,姿态纵逸,诗文便飞动出纵逸超凡的气象。

知识导读

"飘逸"是一种审美形态,也是一种审美境界,犹如绛云在霄,舒卷自如;犹如鸿鹄翱翔,飘飘袅袅;犹如轻燕受风,翩翩绵绵,它轻盈、舒展、悠游、曼妙、舒婉、飞动、浪漫、潇洒、自由、自在、自如、自然、轻灵、轻柔……到底什么是飘逸美?飘逸美的哲学源头是什么?飘逸的人生风格是怎样的?飘逸美又有着怎样的文化载体?本章择要释解。

自主赏析

一、飘逸的美学内涵

我们通常用"飘逸"来形容一个人气质好,动作自然好看。那么,到底什么是飘逸呢?"飘逸"是一种审美形态,也是一种审美境界。"飘"即飘举飞动,汉代许慎《说文解字》云:"飘,回风也。"《诗经·桧风·匪风》云:"匪风飘兮。"《毛传》云:"回风为飘。"可见"飘"的本意是"回风"。"逸",最原始的意义是逃走,《说文解字》云:"逸,失也,从走兔，兔漫泡善逃也。"越出、脱出是"逸"最基本的原始含义。《庄子·田子方》中有"奔逸绝尘不可追"之说。可见"逸"的本义是放纵和超绝，作为美学范畴的"逸"，可以定义为放纵超绝、清远多致。"逸"的美学核心精神是超脱自如，具体说有两点：一是自然；二是自由。"飘逸"在《辞海》中有三义：①形容神态俊逸潇洒；②形容文笔骏快；③轻疾貌。

在中国美学史上，"飘逸"概念很早就出现了。唐代司空图《二十四诗品》以诗解诗，这样谈"飘逸"："落落欲往，矫矫不群。缑山之鹤，华顶之云。""飘逸"呈现出疏落不群、豁朗大度、矫健高举、不流于俗的审美品格。飘逸之人如缑山野鹤，超诣绝尘闲淡悠游，又似华山浮云，飘浮无定舒卷无心。宋代韩纯全在《山水纯全集》中把画的美分为多种形态，其中一种就是"放肆而飘逸者"。南宋姜夔在《白石道人说诗》中有"韵度欲其飘逸"之说。南宋严羽在《沧浪诗话·诗辨》中把诗分为九品，其中一品即为"飘逸"，"飘逸"大概属于他所说的"优游不迫"一类。元人夏文彦在《图绘宝鉴》（卷四）中说梁楷的绘画是"描写飘逸，青过于蓝"。明人高棅在《唐诗品汇》的总序中说："开元、天宝间则有李翰林之飘逸，杜工部之沉郁，孟襄阳之清雅。"明人臧晋叔辑《元曲选》，即取《汉宫秋》列诸百种剧之首，称其"豪放中显其飘逸，沉郁中见通脱之风格"。曹雪芹在《红楼梦》第七十八回中借众人（陪贾政、贾宝玉题吟的众清客）之口说诗要"流利飘逸，始能尽妙"。

清人杨廷芝在《二十四诗品浅解》中将"飘逸"解释为"飘洒闲逸"，即是说："飘逸"就是一种超迈潇洒、悠闲自如、远出尘外的神韵风貌，它的美犹如绛云在霄，舒卷自如；犹如鸿鹄翱翔，飘飘袅袅；犹如轻燕受风，翩翩绵绵。可见，"飘逸"是人们评品文艺作品时经常使用的一个美学概念。飘逸之美有多种具体的审美特征，如轻盈、舒展、悠游、悠缓、绵邈、曼妙、舒婉、飞动、浪漫、潇洒、自由、自在、自如、自然、轻灵、轻柔等。

二、飘逸的哲学源头

"道"是"飘逸"的哲学源头。在中国先秦时期，诸子百家争鸣，其中老子和庄子开启了道家学说。《道德经》说："人法地，地法天，天法道，道法自然。""道"是自然无为的，天地人都以"道"为法则，"道"

则纯任自然。这就是说，"道"即自然。自然，既是指天地自然，又是指自然而然，更是指宇宙万物的总规律。由于"道"纯任自然，它是顺应自然，不刻意去追求不符合自然的，要符合世界万物的总规律，它是超越世俗，超越任何功利的，无为的。由于天地万物都因道而生成，故"道"又是"无不为"的。这就是老子说的"道常无为而无不为"。这种超越的"无为无不为"的纯自然的思想恰恰表现了一种超脱的境界，一种飘逸的风度。这种风度在庄子身上得到进一步发展，在庄子眼中，已无物我之分，人物之间，物物之间，天地万物与精神世界的交流可以是毫无限制的，任何事物都有思想，有灵性，可以将抽象的哲理表达得生动有趣。这是一种纯然飘逸的毫无杂质的浪漫主义，是一种飘逸的，微风抚杨柳的淡淡的幽情的浪漫。

三、飘逸的人生风格

若我们行步、行笔、行文、行事能少一些拘束，或者没有拘束，当然"无待"太难，但至少可以把思想表达得更加切合自己的心意，把行为实施得更接近自己的思想，一切都是自然如斯，不至于自己所有的思想和行动都烙着别人的影子，又或者自己表达思想时总顾着是否符合异己的想法，所做的事情是否符合某一样自己并不愿尊崇的条条框框时，则我们的所欲所为更接近自己的本质。自然行之，逍遥游之，这该是人生的美境了！

其实众多的先贤就有这种"飘逸"的人生风格，当然这里不能妄论其有"飘逸的人生"，在世几十或上百年，谁又能真正无拘无束？七情六欲之中，难免牵绊横生。但先贤们至少在某一阶段懂得内心的观照，把所有如同缚在自己脖子上的绳子一样的世事纷扰一字摊开，剪断一些非己真正想要的，或是自己所不能要的，回到自己内心的本质。

王羲之的书法，世人并不陌生，它之所以能传世于后，技法其实是次要的，因为技法在经过摹写之后，很容易相似或者超越。更重要的是在行笔施墨之间那种快意，那种气韵。笔源于法而不拘于法，每一笔都能感觉到书家的真意。《晋书·王羲之传》说："又山阴有一道士，养好鹅，羲之往观焉，意甚悦，固求市之，道士云：'为写《道德经》，当举群相赠耳。'羲之欣然写毕，笼鹅而归，甚以为乐。"王羲之当时是右军将军、会稽内史，却毫不摆官架子,而为道士书写《道德经》。他能抛却一些凡俗的等级禁锢,不拘于身世差异,这也是其"飘逸"人格的一种表现。李白有《王右军》一诗写这件事,"右军本清真,潇洒出风尘。山阴遇羽客,邀此好鹅宾。扫素写《道德》,笔精妙入神。书罢笼鹅去,何曾别主人。"这是一种洒脱和无拘无束,是一种高尚和不同凡响的美。"飘"如此,"逸"如斯!

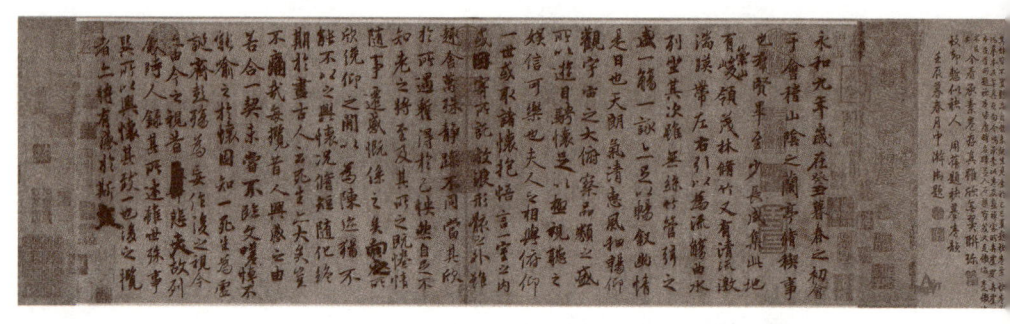

《兰亭集序》(王羲之)

同处魏晋南北朝动荡时代的陶潜身上也有飘逸之美。陶潜之诗语言质朴纯净,字字句句流露出一股享受归隐田园生活的安逸和清心;诗歌内容平淡日常,却处处充满着诗意、趣致;诗人感情真切单纯,对黑暗官场的厌恶、对远离世俗、超然"世外"的农耕生活的偏爱溢于言表。其诗意境清新洒脱,同时充满着耐人深思的哲理。这正是"飘逸"范畴审美的深层体现。"少无适俗韵,性本爱丘山"(《归园田居·其一》)、"商歌非吾事,依依在耦耕"(《辛丑岁七月赴假还江陵夜行涂口》)是诗人对自由、宁静的归隐生活的向往;"采菊东篱下,悠然见南山"(《饮酒·其五》)、"晨兴理荒秽,带月荷锄归"(《归园田居·其三》)是这种随心所欲、不拘于世的生活的践行;而"问君何能尔?心远地自偏"(《饮酒·其五》)、"人生似幻化,终当归空无"(《归园田居·其四》)则是作者发出的深沉感慨,言语洒脱而意蕴绵厚。正是因为身居山林、田园之间,远离丑恶动荡的乱世,陶渊明才看透万物荣尽枯至,四季更迭轮回,明白世间一切生死荣辱都会"幻化""空无",唯有一颗自由、不受羁绊的心,一份恬淡、安然的生活才是人生的真谛。陶诗语言清新质朴,内容看似平淡却余味无穷,散发出超然脱俗的精神气,这种精神气便是飘逸人生风格的最好体现。

当然，最能体现飘逸之美的，非诗仙李白莫属。李白身上有种桀骜的仙人风骨，自言"兴酣落笔摇五岳，诗成笑傲凌沧洲"，是大鹏的化身。他口吐狂言，举止狂放，性格狂荡，纵饮狂歌，喜交狂士。超脱尘世喧扰之外，把酒言欢与月同醉，天子呼之也敢自称酒仙不上朝。嗜酒见天真，酒渗笔墨中。狂放无拘的天性，超凡脱俗的精神品格，都在李白斗酒百篇中酝酿出意气风发、放达不羁之美——踌躇满志，他啸歌"仰天大笑出门去，我辈岂是蓬蒿人！"潦倒失意，他疾呼"大道如青天，我独不得出！"仕途不顺，不受重用，年少时纵横游侠的梦，安社稷、济苍生的理想，在人心险恶的宦海中沉沦。屡受权势打击，屡遭鲰生逸言，他也落寞失意，心结郁积，"停杯投箸不能食，拔剑四顾心茫然。欲渡黄河冰塞川，将登太行雪满山。"莫不是要辜负了"大鹏一日同风起，扶摇直上九万里"的天纵豪情？不屑于功名利禄，不愿谨小慎微屈己于人，"安能摧眉折腰事权贵，使我不得开心颜？"李白注定不能是官场得意人，他仗剑去国，辞亲远游，在《庐山谣寄卢侍御虚舟》中写道："我本楚狂人，凤歌笑孔丘。"他一掷千金换美酒，坚信"长风破浪会有时""天生我材必有用"。借酒消愁也能如此激情澎湃！他就是这么一个狂歌痛饮、飞扬跋扈之人，纵逸清刚之气韵，恣意天成。

　　飘逸其人，飘逸其文。李白称赞谢朓等人的文章"俱怀逸兴壮思飞，欲上青天揽明月"，他自己的诗文亦是灵性挥洒意气风发，以一种醉的状态、月的情怀、远游的姿态石破天惊于唐代诗坛。杜甫在《春日忆李白》里这样说道："白也诗无敌，飘然思不群。"严羽在《沧浪诗话》中言："太白不能为子美之沉郁，子美不能为太白之飘逸。"

　　李白写诗"万象奔走于笔端"，雄伟瑰丽，奔放豪迈。北宋徐积《李太白杂言》云："盖自有诗人以来，我未尝见大泽深山，雪霜冰霰，晨霞夕霏，千变万化，雷轰电掣，花葩玉洁，青天白云，秋江晓月，有如此之人，如此之诗。"李白用他极奇极幻的艺术思维，在《梦游天姥吟留别》中记梦游仙，创造出一个缥缈奇幻、色彩缤纷的神仙世界："我欲因之梦吴越，一夜飞度镜湖月……千岩万转路不定，迷花倚石忽已暝……青冥浩荡不见底，日月照耀金银台……霓为衣兮风为马，云之君兮纷纷而来下……虎鼓瑟兮鸾回车，仙之人兮列如麻……"这是一个自由的精神世界，又是一个人与自然生命融为一体的世界。这世界雄浑阔大，突破视野的局限，超越了时空，天地间一切神幻瑰丽、奇险荒怪的景象无所不被包容。逸兴飞扬兮飘然出世。《蜀道难》更是惊心动魄："噫吁嚱！危乎高哉！蜀道之难，难于上青天！……黄鹤之飞尚不得过，猿猱欲度愁攀援！……连峰去天不盈尺，枯松倒挂倚绝壁，飞湍瀑流争喧豗，砯崖转石万壑雷。"如此险恶幽峭之地不似人间之景，奇谲壮丽得叫人心颤，给人以一种崇高的审美体验，不由得对自然心生敬畏。贺知章读罢《蜀道难》，直称李白"谪仙人"，杜甫亦谓之曰"笔落惊风雨，诗成泣鬼神"。

司空图曰"如不可执，如将有闻。识者已领，期之愈分"，意思是能识悟飘逸之境者，自然已领会飘逸之境。而有心追求飘逸之境的人，却越求离之越远。"飘逸"的审美意趣，空灵缥缈，不可执意求取，只能自然而生，自然而然。自然而然就有了直率洒脱、朴素天真的美感。李白之诗"清水出芙蓉，天然去雕饰"，纵逸天成，不假雕饰，这一特点在他的绝句和乐府诗创作中尤为突出。

《梦游天姥吟留别》（李白）

四、飘逸的文化载体

从对陶潜和李白的诗歌品读中，我们知道"飘逸"在诗学领域既是指诗歌外在风貌的清新自然，意境的杳渺高远，同时又强调诗歌内涵应当韵味无穷，有实质的精神气，这种精神气，应当要如仙鹤、流云一样洒脱超然。而在书法领域，《晋书》（卷八十）称王羲之的书法"飘若浮云，矫若惊龙"。王羲之的书法特别是行书，达到了中国书法的顶峰，他那飘若云游、行如流水、走如龙蛇、飞如鸾凤的书法表现的美就是飘逸之美。除此之外，我们在绘画、舞蹈、建筑等方面也能感受到飘逸之美。

佛教传入中土后，人们在石窟、寺院中画有大量的佛教绘画，其中最著名的是敦煌莫高窟中的飞天壁画。佛教壁画中的飞天有很多种，如散花飞天、伎乐飞天、奏乐飞天、舞蹈飞天、化生飞天、乘鸾飞天、裸体飞天、旋转飞天、持幡飞天、持莲飞天等，各种飞天姿态不一。壁画中的飞天表现了多种多样的美：她们头束双髻，面目清秀，五官端正；她们肢体修长，腰身柔美，手脚纤巧；她们振臂腾飞，遨游太空，云中飞翔；她们衣带当风，舞袖飞扬，轻盈飘举；她们凭虚御风，形体如飞，轻灵袅娜；她们裙裾回旋，薄衣飘动、飞行如风……飞天在祥云彩霞中游动飞翔表现出来的美就是自由飘逸之美。杜道明先生在《盛世风韵》一书中说："初、盛唐的飞天，是青春和健美的化身。无论是张臂俯卧作平衡的回旋，还是随着气流任意飘荡；是双手胸前合十，还是侧体婆娑起舞；是冉冉升空，还是徐徐降落，都那么婀娜多姿。加上众多的飘带随着风势翻卷飞扬，宛如无数被拽动着的彩虹映在蓝天，从而把飞天最为动人的一瞬间恰到好处地表现出来。"飞天身上集中表现了飘逸之美。

飞天图

中国文人画也讲究飘逸洒脱，以抒发自我性灵为特征，脱略形似，是主体与客体，内与外的统一。画家在创作过程中享受放逸洒脱：唐代以画松著名的张璪，创作中由于心灵的作用，其人若"流电激空"，得意处，

中国文人画

忘乎所以,干脆用手蘸色挥涂;王洽作画,往往"醉后,以头髻取墨,抵于绢素";宋末元初的温日观,喜画葡萄,须梗枝叶,皆以草书法;同时代的僧法常,画龙虎、禽鸟,多用蔗渣草法,随手点染,气度非凡。

飘逸之美在舞蹈中也有充分的表现。著名舞蹈理论家袁禾认为中国舞蹈的美学特征是三个字:"回""流""韵"。"回"即回旋,是舞蹈的形态——所谓"体如游龙""转似回波"。"流"即流动,是舞蹈的过程——所谓"行云流水""彩云追月"。"韵"即韵味,是舞蹈的内核——所谓"形神兼备""绰约闲靡"。袁禾教授讲的舞蹈的"回""流""韵"三个美学特征,就包含了舞蹈的飘逸美。中国舞蹈中的"三道弯""风摆柳""水上飘"等基本舞姿和动作在运动中表现出的"转似回波""行云流水""飞舞飘动"的美,其主要审美特征就是飘逸美。

如古代的"楚舞",它的第一个特色就是飘逸。楚舞的主要手段是长袖,所谓"长袖善舞"是也。长袖是舞人手臂的延长,楚舞舞者在舞动中配合躯体的曲线和曳地长裙的飘洒,舞动或如波回,或如云动,或如烟起,或如虹飞。汉人傅毅在《舞赋》中描写:"纡形赴远""逶迤娉袅,云转飘忽。体如游龙,袖如素蜺"。长袖的扬举和长裾的飘曳,就造成了体如"矫龙""惊鸿"的艺术效果,表现出的美就是飘逸之美。又如唐舞《霓裳羽衣舞》,舞者衣服轻薄如翼,舞时裙裾飘动,就像流动的彩云一样。白居易在《霓裳羽衣舞歌》中写道:"飘然转旋回雪轻,嫣然纵送游龙惊。小垂手后柳无力,斜曳裾时云欲生。烟蛾敛略不胜态,风袖低昂如有情。"《霓裳羽衣舞》舞姿轻柔,像风吹着的雪花在空中回旋;其标举之态,如游龙飞向天际。这一舞蹈表现出来的美就是一种轻盈、灵动、舒曼的飘逸之美。

中国古建筑中的飞檐、翘角也体现了飘逸之美。飞檐,是中国古典建筑如宫殿、寺院、道观、祠堂等的屋面、屋脊伸展出来的部分,伸出的檐是飞檐，飞檐端点翘起的部分是翘角。飞檐和翘角与庞大沉重的建筑形成一种张力，呈现向上、向外的动势，它们与建筑的沉稳厚重之美对比，表现出一种生动、轻盈、灵巧的飘逸之美。

飞檐

资料信息

《二十四诗品》是古代诗歌美学和诗歌理论专著，为晚唐司空图撰，其继承了道家、玄学家的美学思想，以道家哲学为主要思想，以自然淡远为审美基础，囊括了诸多诗歌艺术风格和美学意境，将诗歌所创造的风格、境界分类。通篇充盈道家气息，道是宇宙的本体和生命，生发天地万物，二十四诗品也是道所生发的二十四种美学境界。它是探讨诗歌创作，特别是诗歌美学风格问题的理论著作。它不仅形象地概括和描绘出各种诗歌风格的特点，而且从创作的角度深入探讨了各种艺术风格的形成，对诗歌创作、评论与欣赏等方面有相当大的贡献。这就使它既为当时的诗坛所重视，也对后世产生了极大的影响，成为中国文学批评史上的经典名篇。

探究实践

飘逸美的文化载体还有很多，你能找到它们，并谈谈它们是如何体现飘逸美的吗？

第七章

沉郁美

❧ 编者心语 ❧

当我们登临山顶，俯瞰山下群峰延绵，会有一种壮阔浩瀚之感；当我们看到那八九间草屋，十余亩方宅时，又会心有宁静；我们有牵挂之时，也会有"一种相思，两处闲愁"的淡淡忧伤……你是否发现还有这样一些情感体验——"弃捐勿复道，努力加餐饭""思君令人老，岁月忽已晚""人生寄一世，奄忽若飙尘"……《古诗十九首》之言，仿佛不是思虑的终结，而是思虑的蔓延。在阅读中国古代文学作品时，也许你会产生一种另类的审美感受。那是一种近似于阳刚却并不明快高亢，略通于阴柔又颇具力度，理性的思虑而产生的深沉的厚重感在文字里氤氲徘徊。

❧ 文学视野 ❧

他沉默着走上文坛，像大地活泼的精灵，神出鬼没，任性姿情，全不顾艺术的成规戒律，一支笔呼风唤雨，赋灵于草木众生。于是，出现了北方古老的土地，土地上颓败而喧嚣的村镇，村镇里形状各异的人，人生中历久弥新的故事。而热情洋溢的红色主旋律，就像氤氲的地气，从世世代代的贫困战乱与生死仇怨中，从祖祖辈辈的屈辱压抑与希冀抗争中，丝丝缕缕升华汇聚，透过漫无边际的高粱地，越来越激昂高亢，惊天地、泣鬼神，民族的血性精魂便以这翻腾狂舞的红色主旋律，呼唤着众多在现代生存的困扰中日趋萎缩的生命。

这便是莫言的小说，如歌如画，如剪接奇妙的电影，如音响嘈杂的现代音乐——繁多的意象与痛苦纷扰的情绪，都以原子裂变般的冲击力，震荡得人们头晕目眩，这使我们不能不首先关注这位才华横溢的小说家独特的叙事个性。

——季红真《忧郁的土地，不屈的精魂》

知识导读

沉郁所属的美学范畴是一个极其富于中国美学特色，同时也颇具说明难度的古典美学概念。沉郁的审美是一种带有哀怨郁愤的情感体验，要探索人生的悲凉感和历史的沧桑感。"沉郁"一词往往使人首先想到杜甫的诗及其文风，古代文学理论著作在使用这一概念时也大多与评论杜甫相关。

自主赏析

在甲骨文里，"沈（沉）"字是由中间的"牛"和周围的"水"构成，表示把牛沉入水中，这是商代祭祀牲畜的会意符号。《广雅》有言："沈，没也。"本义为没入水中，又引申为程度之深，因此有"沉思""沉痛""沉疴"等词语。在作品评论中，"沉著""沉健""沉雄""沉博"等术语经常出现。

"沉郁"表达一种愤懑、哀怨的精神状态。探究"沉郁"诗风与中国文人诗的关系，屈原之作既是精神上的重要起点，也是词语的源头之一。沉郁所属的美学范畴是一个极其富于中国美学特色，同时也颇具说明难度的古典美学概念。波折困窘的人生经历，是沉郁情怀产生的开端。在众多与"沉郁"相关的诗人中，生活的挫折与坎坷是其风格形成的必然因素。同时，形成沉郁之作的心理基础，是内向深沉的个性气质。不可或缺的还有广博的学识，以及深刻的思想认识。这些学识修养在诗人的创作过程中综合地发生着作用。

"沉郁"之成因，在曹顺庆、王南的《雄浑与沉郁》一书中概括为三个方面，甚为精到，转述如下：①波折困窘的人生经历促成了沉郁情怀的产生；②内向、深沉的个性气质容易形成沉郁之作的心理基础；③广博的学识也有助于思想认识的深刻，能够成就沉郁之作。

著名美学家叶朗在《美在意象》一书第十二章中将沉郁的审美特点概括为：一是带有哀怨郁愤的情感体验；二是充满人生的悲凉感和历史的沧桑感。"沉郁"之美作为一种美学风格，在人的精神领域和文学艺术中有大量表现。

一、沉郁美与人格观相辅相成

沉郁是儒者对人间深沉的爱。沉郁的文化内涵是儒家的"仁"，即对人世沧桑的深刻体验和对人生疾苦的深厚同情。如果不是有至深的仁心、对人生有至深的爱、对于人生和历史有至深的体验，是不可能达到这种境界的。所谓"诗言志"，"沉郁"从本质来讲是"情"与"思"并行，而"思"决定"情"。所以，诗人的志向和抱负决定了作品所抒发的情感。

以血缘家庭关系为内在机制的宗法社会是中国古代社会的基本形态，人格意义在儒家学说中得到了阐明。儒家思想以"仁"为核心，强调个体的责任义务为人格实现的标志。个人的需求和社会体制的矛盾是社会伦理人格观无法绕行的永久障碍。但是，情感化的心理体验会影响人格的自我审视。儒家人格观仍再次强调"止乎礼义"，于是"沉郁"之感便生发。

清人陈廷焯在《白雨斋词话》中对屈原的《楚辞》评论："不根柢于〈风〉〈骚〉，乌能沉郁？十三国变风，二十五篇楚词，忠厚之至，亦沉郁之至，词之源也。"屈原在人格信念、情志表述两方面都建立了一种极其具有代表性的文人模式。

战国时期的爱国诗人屈原，是楚国重要的政治家，早年受楚怀王信任，任左徒、三闾大夫，兼管内政外交大

屈原

事。吴起之后，在楚国主张变法。他提倡"美政"，主张对内举贤任能，修明法度，对外力主联齐抗秦。因遭贵族排挤毁谤，被先后流放至汉北和沅湘流域。他的作品《离骚》倾诉了对楚国命运和人民生活的关心，"哀民生之多艰"，叹奸佞之当道。主张"举贤而授能""循绳墨而不颇"，提出"皇天无私阿"，对天命论进行批判。

虽不周于今之人兮，愿依彭咸之遗则。长太息以掩涕兮，哀民生之多艰。余虽好修姱以鞿羁兮，謇朝谇而夕替。既替余以蕙纕兮，又申之以揽茝。亦余心之所善兮，虽九死其犹未悔。怨灵修之浩荡兮，终不察夫民心。

屈原的"离骚"精神就是"遭忧作辞"（班固之言）。这就是一种文人模式，渴望维系于专制政治体制的政治理想与个体性情抱负的冲突。"沉郁"成为生存在体制内的中国文人的典型文风，有一种悲剧性的美感。

二、沉郁的审美是一种带有哀怨郁愤的情感体验

李煜

沉郁的审美是一种带有哀怨郁愤的情感体验。我们从中感受到的有人生的悲凉，还有历史的沧桑感。李煜（937—978年），是南唐中主李璟的第六子，也是南唐的最后一位国君。开宝八年（975年），宋军攻破金陵，李煜被迫降宋，被俘至汴京（今开封），封为右千牛卫上将军、违命侯。其词大体以南唐灭亡为界，分为前后两期。在前期，多是宫廷享乐生活入词；而后期词作，许多以追忆故国、怀念往事为主题。他所创作的对象奠定了诗词情感的基调。这些意境深远、情感真切的词作，展现出一种沉郁悲凉、哀婉凄恻的美学风格。而他在亡国后所写的题材更是广阔，含义深沉，抒发了亡国之悲恨。

《浪淘沙》中说:"帘外雨潺潺,春意阑珊。罗衾不耐五更寒。梦里不知身是客,一晌贪欢。独自莫凭栏,无限江山。别时容易见时难。流水落花春去也,天上人间。"在春意阑珊之时,在梦境中怀念沉溺之际,方知流水落花已随春天而去,自己永远只是美景欢愉梦中客,醒后只有囚徒般的生活。恍惚间,梦中的欢娱更显珍贵,现实愈发残酷。凄苦、哀怨、沉重、郁结,情从景中生。

他的《虞美人》更是一首亡国的悲歌。

春花秋月何时了,往事知多少!小楼昨夜又东风,故国不堪回首月明中。雕栏玉砌应犹在,只是朱颜改。问君能有几多愁?恰似一江春水向东流。

再看曾经的雕栏玉砌,在时光的长河里变得物是人非。当年的繁华已经不再,往事又能如何追忆呢?只剩下无穷的愁苦与悲痛。此时此刻,李煜在思考的不仅仅是自己的过去,他还对生命发出了叩问,对宇宙和人生的关系进行了探索。这首亡国的悲歌里,有着无穷无尽的伤痛。

李煜亡国后的作品,字字句句皆是血泪。压在他心中的那些"愁"啊,真能如"一江春水向东流"吗?人生苦乐与沧桑,凝结在词作里便是那沉郁悲凉的美。

三、对人世沧桑的深刻体验和对人生疾苦的深厚同情生发的沉郁美

从儒家思想角度出发,仁的本义是爱,首先是爱人,然后从爱亲开始,其次爱物,爱生命之物,进而爱整个自然界。这一种对于人类的爱与同情,凝结而成了一种独特的审美形态,那便是沉郁。所以,"沉郁"的内涵就是人类的同情心,人间的关爱之情。对万物的关怀,对百姓最深切的同情,最典型的代表就是杜甫。杜甫在《进雕赋表》中,用"沉郁顿挫"来概括自己诗词创作的风格。

臣之述作,虽不足以鼓吹《六经》,先鸣诸子,至于沉郁顿挫,随时敏捷,而扬雄、枚皋之流,庶可跂及也。

杜甫

杜甫出生在一个世代"奉儒守官"的家庭，家学渊博，但生活在唐朝由盛转衰的历史时期。他仕途不顺，客居长安十年，奔走献赋，郁郁不得志，过着贫困的生活，"举进士不中第，困长安"。安史之乱后，杜甫听说了肃宗即位，就只身北上去投奔，在途中不幸为叛军俘虏，押至长安。同期被俘的王维被严加看管，杜甫因为官小，没有被囚禁。尽管个人遭遇了不幸，但杜甫无时无刻不忧国忧民。他的诗作中，大量地反映了当时的民生疾苦和政治动乱，揭露了统治者的丑恶行径。杜甫的一生完全可以用"颠沛流离"来总结。两次落第和"安史之乱"中的坎坷遭遇，任职玄宗、肃宗两朝都未能获得重用，逃亡、辞官、隐居、丧子、老病，使他人格观念中的"独善"又不忘"兼济"的色彩更加浓厚。

第七章 沉郁美

"歌诗"中的"沉郁之气"与儒家信奉的事业观有着必然的联系。杜甫之诗，有《独立》《独坐》《独酌》《愁坐》《登高》《不寐》《野望》一类的"独立苍茫自咏诗"之诗人自我写照。在《独坐》中：

悲秋回白首，倚杖背孤城。江敛洲渚出，天虚风物清。
沧溟恨衰谢，朱绂负平生。仰羡黄昏鸟，投林羽翩轻。

在诗人独坐望秋景之时，内心所兴发的情感并非豪情与解脱，也不是闲情雅致。作为中国文人士子的代表，"先天下之忧而忧，后天下之乐而乐"的情怀决定了他的诗里有的是责任、道义的沉重和自我思虑的深重。这是未能"兼济"的不甘，强为"独善"的不易。解读这样的作品，必须要有着情感触动之外的关乎思想怀抱的理性思考。诗中的意象凝结着诗人深切的思虑，这种美感是无法用单一的"阴柔"或"阳刚"，"豪放"或"婉约"

来定义的。

《无家别》是杜甫所写的新题乐府组诗"三吏三别"之一。此诗叙写了一个邺城败后还乡无家可归的军人,通过他的遭遇反映出当时农村的凋敝荒芜以及战区人民的悲惨遭遇,鞭挞了统治者的残暴、腐朽。如诗中一开篇就记叙道:邺城兵败,军人回到村子里,只看见一片萧条凄惨的景象。

寂寞天宝后,园庐但蒿藜。我里百余家,世乱各东西。
存者无消息,死者为尘泥。贱子因阵败,归来寻旧蹊。
久行见空巷,日瘦气惨凄,但对狐与狸,竖毛怒我啼。
四邻何所有,一二老寡妻。宿鸟恋本枝,安辞且穷栖。

几年前被官府抓去当兵的"我"死里逃生,好不容易回到故乡,满以为可以和骨肉邻里相聚。然而事与愿违,看见的是一片"蒿藜",走进的是一条"空巷"。在结尾,"我"更是发出了哀号——"我"的老母亲已经病逝,死了五年都没能得到好好的安葬。

家乡既荡尽,远近理亦齐。永痛长病母,五年委沟溪。
生我不得力,终身两酸嘶。人生无家别,何以为蒸黎。

人活在世上却无家可别,这老百姓可怎么当?字字催人泪!
再如《兵车行》一开头就描写战争使老百姓妻离子散:

车辚辚,马萧萧,行人弓箭各在腰。
爷娘妻子走相送,尘埃不见咸阳桥。
牵衣顿足拦道哭,哭声直上干云霄。

结尾对无数士兵在战争中丧失生命发出悲叹:

君不见,青海头,古来白骨无人收。
新鬼烦冤旧鬼哭,天阴雨湿声啾啾!

沉郁的美感需要一种审美的"穿透力"和"洞察力"。它是一种哀怨郁愤的情感体验,极端深沉厚重,达到醇美的境界,同时弥漫着人生、历史的悲凉感和苍茫感。这类作品，常常给人一种压抑悲慨的审美感受，但却并不纤弱柔靡，反而会引导读者陷入深深的思绪之中。这是一种"思"和"情"并重，且以"思"制"情"的特色。

资料信息

"沉郁"与"雄浑"是中国古代艺术及文学理论中的两个重要范畴。作为中国古典美学的一个重要范畴，"沉郁"原本来自对某种特定的文学创作风格的认识。陆机《赴洛道中作》（其二）曰："远游越山川，山川修且广。振策陟崇丘，安辔遵平莽。夕息抱影寐，朝徂衔思往。顿辔倚嵩岩，侧听悲风响。清露坠素辉，明月一何朗。抚枕不能寐，振衣独长想。"它有一种压抑的美感。这也是一种"沉郁美"。对于"沉郁"的审美解读，需要许多情感触动之外，关乎理想的思索。对于"沉郁美"，曹顺庆、王南的《雄浑与沉郁》一书，以古代文化和文论史料为对象，对"沉郁"的生成过程和方式、文化及美学内涵进行了尽可能周详的理论阐释。

探究实践

回忆你接触过的文学作品，还有哪些曾给你"沉郁美"的情感体验？

第八章

诗词美

❧ 编者心语 ❧

中华民族是一个有着丰富诗歌传统的民族。从《诗经》到唐诗、宋词、元曲，诗歌在中国文学的天空中是最绚烂的。王维、李白、杜甫、白居易、李商隐、杜牧、柳永、苏轼、李清照等诗人星光熠熠。中国的童蒙教育也往往从诗歌开始，我们咿呀学语的时候，就学会了"床前明月光，疑是地上霜""鹅，鹅，鹅，曲项向天歌""离离原上草，一岁一枯荣"。这些诗歌在口中朗诵，在心中流淌。

有人之处就有诗歌，因为人的生活除了吃喝拉撒，还需要有诗意。就如荷尔德林说的，"人，诗意地栖居。"今天，包括习近平同志在内的中国领导人，在外交活动中常常随手拈来古文佳句，既凝练又贴切，世界因此叹服于中国文化之博大，民族精神之儒雅。

❧ 文学视野 ❧

古典诗词的现实意义在于：在中国传统文化艺术宝库中，中国古典诗歌是宝库中的精华，它形象地反映了中国古代人民社会生活和精神生活的各个方面，反映了当时的历史，反映了人们的精神面貌，通过学习中国古典诗歌，可以加深对中国社会的认识，同时对现代生活也发挥着作用。

知识导读

目前，美国、英国以及一些北欧国家的不少汉学家正在潜心研究中国古典诗词，还有为数众多的外国青少年对中国古典诗词如痴如醉。那么，诗词之美缘何会让如此多的人为之着迷呢？

自主赏析

几年前，上海市新版小学语文教材删减古诗的做法引起了很大争议。减少教科书中古典诗词的观点一度显得很有说服力。包括上海在内的一些地方，目前已经删去了《寻隐者不遇》《登鹳雀楼》等诗词。为什么要把古典诗词从教材中剔除出去？目前主要的观点有两个：其一，古典诗词生僻字多，背诵起来难度大，删除古典诗词可以给学生减负；其二，古典诗词毕竟难以"与时俱进"，以西方美文取代之，便于教育与国际接轨。

其实，上述两个理由都有待商榷。古诗合辙押韵，极富音律感，读起来朗朗上口，虽三岁童蒙，背诵亦非难事。生僻字，完全可以加上拼音注解，教会学生认知，这本身也是基础教育的内容之一。中国古典诗词源远流长。"后皇嘉树，橘徕服兮。受命不迁，生南国兮"，屈子一首《橘颂》，开楚辞之新天地。其后逾千年，古典诗词不断凝聚民族思想与文化精神。赋兴于汉、诗兴于唐、词盛于宋、曲盛于元，古典诗词一脉相承，成为中国乃至世界的文化长城，见证并构建了人类文明的重要一阕，对日本、韩国以及世界上许多国家的文化演进、文明进步都有直接而深远的影响。

找回课本中的诗词之美，要旨都是秉持对后世负责、对文化负责的态度。还记得敦煌的莫高窟吗？还记得那个邋遢的王道士吗？揣着珍宝却不认识，以为"那玩意无甚大用"，以致后人只能跟在外国人后面长吁短叹。现在已经是 21 世纪，王道士的老路，对我们是个提醒。

当然，学习和感受诗词之美并不仅限于中国古代诗歌文化，放眼世界我们也应该学习感受外国的诗歌作品。

中国的诗歌产生于文字发明之前，它是在人们的劳动、歌舞中渐渐形成和发展起来的。

《诗经》是中国最早的诗歌总集，收集了公元前11世纪至公元前6世纪的诗歌，共305篇，按音乐的不同，分为"风""雅""颂"三类。公元前4世纪，战国时期的楚国以其自身独特的文化基础，加上北方文化的影响，孕育出了伟大的诗人屈原。屈原以及深受他影响的宋玉等人创造了一种新的诗体——楚辞。屈原的《离骚》是楚辞杰出的代表作。

《诗经》

《诗经》、楚辞之后，诗歌在汉代又出现了一种新的形式，即汉乐府民歌。汉乐府民歌流传到现在的共有100多首，其中很多是用五言形式写成，后来经文人的有意模仿，在魏、晋时代成为主要的诗歌形式。

东汉建安时期，"三曹"（曹操、曹丕、曹植）、"建安七子"（孔融、陈琳、王粲、徐干、阮籍、应场、刘桢）继承汉乐府民歌的现实主义传统，并普遍采用五言形式，第一次掀起了文人诗歌的高潮。隐居不仕的陶渊明把田园生活作为重要的创作题材，因此历来人们将他称作"田园诗人"。在当时崇尚骈骊、重形式而轻内容的时代气氛中，陶渊明继承乐府的现实主义传统，形成了他单纯自然的田园一体，为古典诗歌开创了一个新的境界，而且五言诗在他的手中得到了高度的发展。与陶渊明差不多同一时期的谢灵运是开创山水诗派的第一人。他的山水诗特点是，能把自己的感情贯注其中，但有些诗字句过于雕琢，描写冗长，用典、排偶不够自然。

陶渊明

南北朝时期是中国诗歌史上的又一发展时期，这表现在又一批乐府民歌集中地涌现出来。它们不仅反映了新的社会现实，而且创造了新的艺术形式和风格。这一时期民歌总的特点是篇幅短小，抒情多于叙事。南朝乐府保存下来的有480多首，一般为五言四句小诗，几乎都是情歌。北朝乐府数量远不及南朝乐府，但内容之丰富、语言之质朴、风格之刚健则是南朝乐府远不能及的。北朝乐府最有名的是长篇叙事诗《木兰诗》，它与《孔雀东南飞》并称为中国诗歌史上的"乐府双璧"。

初唐诗人中以王勃、杨炯、卢照邻、骆宾王最为著名，被誉为"初唐四杰"。这批诗人的出现，为唐诗开辟了良好的发展道路。盛唐诗人灿若群星，最出名的当属李白、杜甫，他们被誉为盛唐诗歌星空中的双子星座。李白浪漫飘逸，杜甫沉郁顿挫。他们创作的诗歌极具魅力。晚唐时期的诗歌感伤气氛浓厚，代表诗人是杜牧、李商隐。

最能体现宋诗特色的是苏轼和黄庭坚的诗。黄庭坚诗风奇特拗崛，在当时的影响广于苏轼，他与陈师道一起开创了宋代影响最大的"江西诗派"。国难深重的南宋时期，诗作常充满忧郁、激愤之情。陆游是这个时代的代表人物。

源于唐代的词，鼎盛于宋代。唐末的温庭筠第一个专力作词。他的词辞藻华丽，多写妇女的离别相思之情，被后人称为"花间派"。南唐后主李煜在词的发展史上占有较高的历史地位。他后期的词艺术成就很高，《虞美人》《浪淘沙》等用贴切的比喻将感情形象化，语言接近口语，却运用得圆熟自然。

宋初的词人如晏殊、欧阳修都有出色的作品，但依然没有脱离花间派的影响。到了柳永，开始创作长调的慢词，自此，词的规模发生了显著变化。到了苏轼，词的题材又得以进一步发展，怀古伤今的内容进入了他的词作之中。与苏轼同时代的秦观和周邦彦也是非常出色的词人。在两宋词坛上，女词人李清照以其独树一帜的风格，占有相当重要的一席之地。

南宋初年，面临国破家亡的危局，诗词作品多表现作者们的爱国之情，辛弃疾被誉为爱国词人，他是这一时期的代表人物。受"辛词"影响，陈亮、刘过、刘克庄、刘辰翁等人形成了南宋中叶以后声势最大的爱国词派。南宋后期的词人姜夔最为著名，"姜词"绝大多数是记游咏物之作。

词在南宋已达高峰，元代散曲流行，诗词乃退居其后。明代诗歌是在拟古与反拟古的反反复复中前行的，没有杰出的作品和诗人出现。

清代诗词流派众多，但大多数作者均未摆脱拟古主义和形式主义的套子，难有超出前人之处。清末龚自珍以其先进的思想，打破了清中叶以来诗坛的沉寂，领近代文学史风气之先。

"五四"文学革命中，中国的现代文学诞生了。1917年胡适首先在《新青年》上发表了白话诗8首，并提出"诗体大解放"的主张，倡导不拘格律、不拘平仄、不拘长短的"胡适之体"诗。郭沫若的《女神》带着狂飙突进的"五四"时代精神，带着不同于其他白话诗的鲜明艺术性，为新诗奠定了浪漫主义的基础。

提倡格律诗的是新月派。闻一多为格律诗理论作出了很大贡献。为建设新格律诗，闻一多提出建设诗歌的音乐美、绘画美、建筑美，并为此进行了艰苦的创作实践。徐志摩是新月社的另一重要诗人，他的诗主要表达对光明的追求、对理想的希冀、对现实的不满。表现个性解放、追求爱情的诗在徐志摩的创作中占有重要地位。

中华人民共和国成立后，诗歌进入新的发展阶段，新题材、新主题伴随着新生活应运而生。诗人们满怀激情抒写了一首首新时代的颂歌。同时，新的社会也造就出一批诗坛新人和崭新的作品。

20世纪50年代末60年代初，郭小川、贺敬之是当时两位优秀的政治抒情诗人。这一时期诗歌创作的另一突出成就是长篇叙事诗的丰收。郭小川的《深深的山谷》《将军三部曲》以新颖的形式和深邃的思想享誉诗坛。

新时期以来，沉寂十载的诗坛呈现出百花齐放的新景象。诗歌在表现手法上，得以古今中外广泛借鉴，形式则更趋于松散的自由体，风格千姿百态。新时期初期，欢呼胜利、反思历史的诗歌继承了现实主义的传统，并使之继续发展。与此同时，一批青年诗人，如舒婷、顾城、江河等在20世纪70年代末、80年代初快速成长起来。他们的诗通常表现出一种晦涩的、不同于寻常的复杂情绪，人们谓之"朦胧诗"。

20世纪80年代中后期以后，诗坛又出现了自称为"第三代诗人"的现代派潮流。

中国人是一个爱诗、词的民族。诗人所具备的丰富情感与对事物敏锐的感知能力，让诗、词之美悠游于中国文坛，留下了无数精彩绝伦的美丽篇章。世界上没有第二个民族，能有中华民族那样对诗、词接受的普遍性及深广度，这与仓颉造字创造了形、音、意兼具的汉字文化，有别于以拼音字为主的世界其他文字，有着密不可分的关系。

一、对天地事物感受敏锐

诗人的感情特别强烈，对天地事物的观察非常敏锐，多情善感成了当诗人的首要条件，圣贤孔子正是如此。孔子看到江水流动这样的平常事，就感慨道：逝者如斯夫，不舍昼夜。我们逝去的一切，不就如江水一样流去、消失吗？

蒋捷听雨也听出了人生的味道。宋亡后，他隐居太湖竹山，有人荐举他入元朝为官，他不肯入仕，其气节为时人所称许。怀丧国之愁，他写的词大多情调凄清，一首《虞美人》更道出了人生悲欢离合的无所依凭："少年听雨歌楼上，红烛昏罗帐；壮年听雨客舟中，江阔云低，断雁叫西风；而今听雨僧庐下，鬓已星星也；悲欢离合总无情，一任阶前，点滴到天明。"

被诗圣杜甫以"笔落惊风雨，诗成泣鬼神"来形容的诗仙李白，留下一千多首惊天动地的诗篇，彰显出唐诗的风采。唐天宝三年（744年），杜甫与李白初遇，自古文人多相轻，这两位伟大的诗人却一见如故，友好情切。二人除在一起饮酒论文，同榻夜话外，还同去访仙修道不遂，之后聚散数次，直到杜甫父亲杜闲转任奉天（陕西乾县）县令，屡次来信要他西上长安，这两个好友此一分手，便成永别。

李白昔日游秦汉旧迹时，因触景生情写了一首《忆秦娥》："箫声咽，秦娥梦断秦楼月。秦楼月，年年柳色，灞陵伤别。乐游原上清秋节，咸阳古道音尘绝。音尘绝，西风残照，汉家陵阙。"《人间词话》的作者王国维对"西风残照，汉家陵阙"以"寥寥八字，遂关千古登临之口"称之。

身在东晋战乱频仍的年代，亲眼看到战乱造成农村破败，给人民带来巨大痛苦，陶渊明用《桃花源记》创造出一个理想的国度来转移他对人间悲苦的无奈。李白、杜甫都曾推崇他，王维、孟浩然等人也模仿他的诗风，开创了唐代的自然诗派。不为五斗米折腰的他，在《饮酒·其五》中揭露心中对安定生活的渴慕："结庐在人境，而无车马喧，问君何能尔，心远地自偏，采菊东篱下，悠然见南山，山气日夕佳，飞鸟相与还，此中有真意，欲辨已忘言。"

二、离别感怀

为离别而惆怅感伤所写的诗词也很多。北宋欧阳修以《玉楼春》写离别之情:"尊前拟把归期说,欲语春容先惨咽。人生自是有情痴,此恨不关风与月。离歌且莫翻新阕,一曲能教肠寸结。直须看尽洛城花,始共春风容易别。"

对有情人而言,离别本就不是一件容易的事,更何况道别之话才拟说出,未语的对方就已先泪流满腮!此情此景让欧阳修感触到为人脆弱的本质,常不在于受外在的环境(风、月)所迫,而是为情所困,为情所苦。

生离之外还有死别!千古风流的苏东坡用《江城子》一词表达了思忆亡妻之痛:"十年生死两茫茫,不思量,自难忘。千里孤坟,无处话凄凉。纵使相逢应不识,尘满面、鬓如霜。夜来幽梦忽还乡,小轩窗,正梳妆。相顾无言,惟有泪千行。料得年年肠断处,明月夜,短松岗。"真情流露处,诚是苏东坡众多诗词中最感人的一首。

三、人生际遇激发千古绝唱之作

公元 696 年,契丹人攻陷营州。武攸宜率军征讨,陈子昂随军任参谋,次年兵败,子昂请率万人作前驱击敌,武攸宜不准。诗人报国无门,叹生不逢时,遂登上幽州台慷慨悲歌,写下了这首千古名篇:"前不见古人,后不见来者。念天地之悠悠,独怆然而涕下。"词意苍凉辽阔,被认为是怀古诗的绝唱。

生在帝王世家的南唐李后主(李煜),从富贵奢华的宫廷生活到亡国之君,际遇变化之大,也成就他词名之高。一如王国维所言:词至李后主而眼界始大,感慨遂深,遂变伶工之词而为士大夫之词。

何谓感慨遂深?看李后主前后期作品即可明了。当他为南唐之主时,身边有美丽的大周后与小周后为伴,《菩萨蛮》写他与小周后相处:"花明月黯飞轻雾,今宵好向郎边去。刬袜步香阶,手提金缕鞋。画堂南畔见,一向偎人颤;奴为出来难,教君恣意怜。"

后来被宋太祖遣将破城,他挥泪对宫娥,开始了"违命侯"的软禁生涯。《破阵子》正是他辞庙的心声:"四十年来家国,三千里地山河;凤阁龙楼连霄汉,玉树琼枝作烟萝,几曾识干戈?一旦归为臣虏,沈腰潘鬓消磨。

最是仓皇辞庙日，教坊犹奏别离歌，挥泪对宫娥。"

两首《相见欢》也是李后主的后期代表作："无言独上西楼，月如钩。寂寞梧桐深院锁清秋。剪不断，理还乱，是离愁，别是一般滋味在心头。""林花谢了春红，太匆匆，无奈朝来寒雨晚来风。胭脂泪，相留醉，几时重？自是人生长恨水长东。"

写离愁写无奈也写出悲愤。《虞美人》中："风回小院庭芜绿，柳眼春相续。凭阑半日独无言，依旧竹声新月似当年。笙歌未散尊前在，池面冰初解。烛明香暗画楼深，满鬓清霜残雪思难任。"

公元978年七夕是李后主42岁生日，回忆起忧乐参半的一生，他写出词史上最感人，成就也最高的作品："春花秋月何时了，往事知多少？小楼昨夜又东风，故国不堪回首月明中。雕栏玉砌应犹在，只是朱颜改。问君能有几多愁，恰似一江春水向东流。"

这首词成了李后主的绝命词，宋太宗恨他有"故国不堪回首月明中"之词，命人在宴会上下药将他毒死。小周后终日守在丈夫灵位前，短短几个月后，守丧结束，她便自杀身亡，追随李煜而去。

中国人之爱诗词，是否是爱上了诗（词）境中丰富的情感、意境与诗人们自然流露的赤子之心？正如陶潜所云："此中有真意，欲辨已忘言。"仓颉造字从此让中土之人的文化获得充实与流传，恐怕是让鬼神真正感泣的原因。

当我们陶醉于中国诗词之美，领略其中饱受人生风霜与得失的生命真谛之际，还能学会对任何事物都能洒脱以对的智慧，或许这才是悠悠数千载，中华诗人所留给后代子孙最珍贵的文化遗产。

资料信息

王国维（1877—1927年），初名国桢，字静安，亦字伯隅，初号礼堂，晚号观堂，又号永观，谥忠悫。汉族，浙江省嘉兴市海宁人。王国维是中国近、现代相交时期一位享有国际声誉的著名学者。

王国维

王国维早年追求新学,接受资产阶级改良主义思想的影响,把西方哲学、美学思想与中国古典哲学、美学相融合,研究哲学与美学,形成了独特的美学思想体系,继而攻词曲戏剧,后又治史学、古文字学、考古学。郭沫若称他为新史学的开山,不止如此,他平生学无专师,自辟户牖,成就卓越,贡献突出,在教育、哲学、文学、戏曲、美学、史学、古文字学等方面均有深诣和创新,为中华民族文化宝库留下了广博精深的学术遗产。

探究实践

诗词美有时难以言说,请你结合一首诗词,谈谈你对该诗词美的理解。

第九章

绘画美

编者心语

　　一根树枝、一块石头,在古人手里勾勒出太阳、月亮、天上的飞鸟、水中的鱼儿、温馨的生活场景。他们把自己心中的"美",顺手画出。一幅幅图画,自然流露。绘画在古人那里可能并不神秘,情之所至,心之所想,信手勾画,这大概就是最初的绘画吧!

　　今天我们会接触到很多绘画作品,或在艺术馆,或在课堂,或在街头。有水墨画,有油画,有工笔画,有漫画,可谓"乱花渐欲迷人眼"。

　　穿越千年,让我们回到古代试着探寻绘画是如何产生的。追随中国绘画和西方绘画不同的发展历程与风格,一起感受那些不朽的绘画作品的迷人魅力。

　　怎样鉴赏一幅绘画?什么样的绘画才是美的呢?让我们用心出发,共同探究答案吧!

文学视野

画鹰
杜甫

素练风霜起,苍鹰画作殊。
㧐身思狡兔,侧目似愁胡。
绦镟光堪擿,轩楹势可呼。
何当击凡鸟,毛血洒平芜。

——诗人以细腻传神的笔触,再现了画鹰图:白绢画布腾起一片风霜肃杀之气,令人不寒而栗,是因为画家笔下的苍鹰栩栩如生。它一竦劲身要攫获狡兔,双目侧视威猛下驯。丝绦环轴逼真可摘,画悬廊间,如真鹰呼之欲出。这样的雄鹰,应当早日放飞搏击凡鸟,血战除庸。通过描绘画鹰的威猛姿态和跃跃欲试的神情,抒发了诗人自命不凡、痛恨庸碌的壮志豪情。

知识导读

绘画,是一种在生活中非常常见的艺术形式。诸如水墨画、油画、工笔画、简笔画、漫画等。我们出门旅游,看见"小桥流水""大漠孤烟"等美丽的景致,不禁会有种美妙的感觉,心中自然浮现出一个词语"风景如画"。那么,到底什么是绘画之美呢?让我们来一起学习她,感受她吧!

自主赏析

绘画诞生的历史可以追溯到人类历史的童年时代。当原始人类把他们的所见、所想以及喜怒哀乐通过一枝树枝或一个石块简单画下的一刹那,绘画就诞生了。可以说,绘画是人类最简单、最直观的表达和记录手段。难怪,最早期的文字就是象形文字,其实也就是绘画。他们把自己对未知世界的探寻和对美好生活的期盼融入一笔一画中,由此形成的线条使人类最早的造型行为具有了便捷、直观、极易掌握的特点,因此,便有了早期的绘画,并逐渐发展起来。

绘画艺术,通过线条、色彩、光线、构图等艺术手段,塑造人们可以感受到的视觉形象,并以此来反映现实生活,是一种表达人们的思想感情的艺术形式。我们来鉴赏绘画美,当然也可以从线条、色彩、光线、构图等基本艺术手段出发。

感受绘画美,我们要做一个时空穿梭的旅行。穿越千年,感知人类绘画的灿烂历史。

内蒙古阴山乌拉特中旗人面岩画

人面鱼纹彩陶盆
（现藏于中国国家博物馆）

中国古代绘画历史悠久，瑰丽多彩。在漫长的岁月中，形成了中国绘画独特的形神兼备的艺术之美。石器时代是中国绘画的萌芽时期，该时期的内蒙古阴山岩画就是最早的岩画之一。在那里，我们的先人们在长达一万年左右的时间内创作了许多这类图像，这些互相连接的图像把整个山体变成了一条东西长达300千米的画廊。新石器时代的人面鱼纹彩陶盆的绘画美达到了相当高的艺术水平。人面在鱼群之中神情悠然自得。鱼头虽是寥寥数笔，却把鱼的形神勾画得具体而细微。鱼身上没有了鱼鳞，以对称的菱形图案装饰，富有律动感，充满了生气。整体图案显得古拙、简洁而又奇幻。

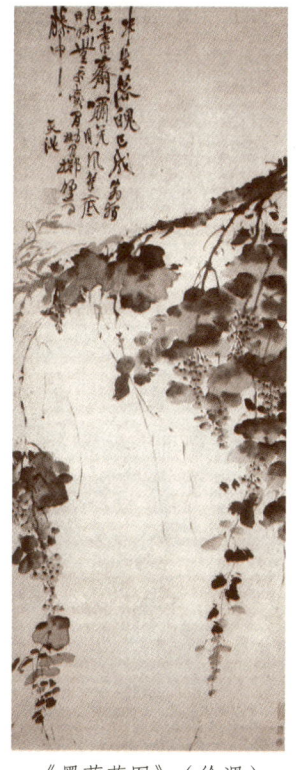

《墨葡萄图》（徐渭）

中国早期的绘画为帛画，代表作为长沙马王堆出土的《升天图》。魏晋南北朝时期的绘画作品以东晋顾恺之的《洛神赋图》为代表。隋唐五代时期的绘画，内容丰富，名家辈出，代表作品有唐代阎立本的《步辇图》，吴道子的《天王送子图》，周昉的《簪花仕女图》，韩滉的《五牛图》，五代顾闳中的《韩熙载夜宴图》。宋代绘画成就巨大，代表作有北宋郭熙的《早春图》，范宽的《溪山行旅图》，张择端的《清明上河图》，王希孟的《千里江山图》等。元、明、清时期的绘画以文人画为主流，代表作有元代黄公望的《富春山居图》，明代徐渭的《墨葡萄图》，清代郑板桥的《丛竹图》。

《簪花仕女图》（周昉）

《蒙娜丽莎的微笑》（达·芬奇）

西方绘画史也可以追溯到史前壁画，其中以西班牙阿尔塔米拉岩洞的《受伤的野牛》和法国的拉斯科岩洞的《拉斯科野马》最为著名。西方古代绘画中的埃及墓室绘画和希腊瓶画很出名。到了中世纪，绘画多与宗教有关。文艺复兴时期绘画成就光辉灿烂，诞生了著名的"美术三杰"，即达·芬奇、米开朗琪罗和拉斐尔。达·芬奇的代表作为《最后的晚餐》《蒙娜丽莎的微笑》；米开朗琪罗的代表作为梵蒂冈西斯廷教堂的《创世纪》；拉斐尔的代表作为《西斯廷圣母》。17世纪以后的绘画，流派众多，风格多样。例如，17世纪的巴洛克艺术，18世纪的洛可可风格，19世纪的新古典主义、印象主义等，20世纪的野兽主义、未来主义、达达主义等。

许多人认为绘画美不美的标准是像不像，如果以此为标准，那么一架相机便可以取代画家。"画乃心印"，其实绘画是渗透了画家思想、感情、心血乃至生命的艰苦创造，并通过必要的艺术加工（提炼、简化、夸张、变形、组合、虚构等）使画面比实物有更美的意境、更独特的风格和更持久的魅力。绘画美，是一个涉及绘画客体（作品）各种视觉要素和创作主体（画家）、欣赏主体（观众）各种心理要素互动、互撞、互创的复杂概念。

欣赏品味之美，这是绘画美的接受过程；工具材料之美，这是绘画美的物质媒介；形式结构之美，这是绘画美的深层负载；风格流派之美，这是绘画美的竞争机制。

一、欣赏品味之美

绘画美是一种视觉语言的美，是一种形式意味的美。欣赏品味绘画美是一种高级的艺术享受。

绘画以视觉为基础，视觉能最敏捷、最准确地将外界的形象传给人的知觉。视觉最优越的并不止于它能"看"能"见"，还在于它能作为五官之首，牵动一条无形的线，把耳鼻舌身、听嗅味触串联起来，形成一种"通感"。可见，欣赏绘画时不仅可以以眼为目，而且可以以耳为目，甚至可以以鼻为目，以舌为目，以身为目。

尤其是当艺术修养达到相当的高度时，欣赏中竟能神会而不以官受，在冥冥之中悟到一种"说不出什么"，那便是综合五官五感而又超乎五官五感的"第六感觉"在起作用了。

二、工具材料之美

绘画的工具材料有毛笔、油画笔、画刀、刻刀、颜料、墨、绢、宣纸、画布等。工具材料本身有着相对独立的审美价值，但是它对绘画美的形成也起着重要的作用。

例如，毛笔柔中带刚，利用笔尖、笔腹和笔根可以画出粗细、干湿、浓淡不同的点线。古人讲：横如千里阵云，点如高峰坠石，撇如陆断犀象，竖如万岁枯藤，捺如崩浪雷奔。由此可知，毛笔主要不是用来逼真地状物，而是用来纵情地写意的。这决定了中国画是"写"而不是"描"的特点。可谓，与书同源，点线造型；二度空间，平面影像；表现为宗，写意为本。

而油画笔便于把黏稠的油彩均匀调和，大面积铺开，既长于用多层次画法刻画对象的主体感、空间感、物质感，又善于用笔触的变化表现力度和情感的态势。所以一下笔便是状物，一运动便是塑形。这些特点决定了油画是"刷"而不是"写"。可谓，与塑相近，块面造型；三度空间，立体幻象；再现为宗，模仿为本。

三、形式结构之美

绘画的形式结构之美可以从形色二字去探讨。形，包括点、线、面。色包括三原色（红、黄、蓝），三间色（橙、绿、紫），三非色（黑、白、灰）。

点是视觉所能感知的最小形象单元，点虽然小却是张力的浓缩，感情的凝聚，平面的萌芽。线是点的运动轨迹，是点从静态转向动态的飞跃。点的张力是内在的，没有方向。线的张力或伸展或摆动或蜿蜒或狂欢，有方向性、感情性和象征性。

点与线交错并列，会创造一种难以表达的独特效果。将点与线运用得简洁纯粹而富有生命力的，令人想到了吴冠中的水墨画。

《江南水乡（之一）》（吴冠中）

《接天莲叶》（吴冠中）

面是容纳作品内容的物质平面。水墨画中"面"的表现不同于油画，水墨画表现不重外光，其灰白的结构往往与油画相反，大多是受光部分处理得最重，而暗部却淡而虚。

色可以认为是不同波长的光的别名。不同的波长就是不同的颜色。红、黄、蓝三原色彼此之间没有共同成分，是能够调出其他中间色而不能由其他中间色调出的稳定的基本色。橙、绿、紫三间色，它们介于红与黄、黄与蓝、蓝与红之间，可以由彼此相邻色调配而成。以此类推，橙、绿、紫两两调和，则称为"再间色"。黑、白、灰三非色是不可忽视的大色，尤其是在水墨画和版画中有调和诸色或代替诸色的重要作用。

构图是绘画作品的骨架，对作品的成败起着重要的作用。构图涉及许多美学原则，如格式塔原则、张力原则、有序性原则和对称、比例、对比、节奏原则等。

四、风格流派之美

绘画是画家心灵同画面的视觉交谈，是视觉形式的个性创造。画家因时代不同，地域不同，修养不同，必然心灵个性不同，其作品风格也必然不同。这就是不同的风格。心灵、个性和艺术主张比较相近的一类画家的风格，在流动变化中逐步形成一个个派别，这就是不同的流派。

不同的风格流派也正好适应了人们不同的审美趣味和审美偏爱，适应了每个人审美兴趣的专一性和可塑性，使我们能够欣赏和谐、流畅、宁静、轻柔，也能够欣赏有意义的粗野、艰涩、骚动、雄强，不至于令审美能力陷入偏狭的片面发展。

艺术的风格流派古今递嬗、中外迥异，使绘画的美苑姹紫嫣红，新陈代谢，连绵不绝。

现代绘画艺术纷繁复杂，把握起来难度很大。要结合一定的历史背景和风格流派等综合因素进行分析。现代主义强调情感的抒发，强调艺术的纯粹性，因此我们鉴赏时应该更注意观察和思考画面给我们带来的感受。

另外，现代社会商业发达，很多绘画作品已经进入到市场，许多地方成为绘画等艺术作品的生产地，例如北京的798、广州的小洲村等。很多人认为，绘画美会因为快速发展的市场而逐渐暗淡。其实，市场经济对绘画等艺术的发展是一个契机，但是如果人们过于关心它的价格，很可能就会忽视其所蕴含的美。这一点需要我们现代人警惕。

画作拍卖会现场

资料信息

毕加索（1881—1973年），西班牙画家、雕塑家。他是现代艺术的创始人，西方现代派绘画的主要代表。他于1907年创作的《亚威农少女》是第一幅被认为有立体主义倾向的作品，是一幅具有里程碑意义的著名杰作。它不仅标志着毕加索个人艺术历

毕加索

《亚威农少女》（毕加索）

程中的重大转折，而且是西方现代艺术史上的一次革命性突破，引发了立体主义运动的诞生。这幅画在以后的十几年中竟使法国的立体主义绘画得到空前的发展，甚至还涉及芭蕾舞、舞台设计、文学、音乐等其他领域。《亚威农少女》开创了法国立体主义的新局面，毕加索与勃拉克也成了这一画派的风云人物。

　　毕加索崇尚立体主义，他的抽象画主观表现出的太阳光是螺旋状照射的，不同于客观世界的光沿直线传播。毕加索小时候常常会有意识地画出螺旋状的物体，虽然他根本无法说明画的是什么。立体主义的艺术家追求碎裂、解析、重新组合的形式，形成分离的画面，以许多组合的碎片形态为艺术家们所要展现的目标。艺术家们以多种角度来描写对象物，将其置于同一个画面之中，以此来表达对象物最为完整的形象。物体的各个角度交错叠放造成了许多垂直与平行的线条角度，散乱的阴影使立体主义的画面没有传统西方绘画的透视法造成的三维空间错觉。背景与画面的主题交互穿插，让立体主义的画面创造出一个二维空间的绘画特色。

探究实践

　　请选择一幅你最喜欢的绘画作品，然后说一说它美在何处。

第十章

书法美

编者心语

很早以前,我就对书写汉字有一种难以言表的眷恋情愫。提腕挥洒间,总能感受到它们于遥远时空迸发的光耀,而这光耀,一直流传至今。书法作品,是应该先对书写之人内心发生作用,然后再抵达别处的。在大量临摹的时候,总觉得写字的人有着最为丰富敏感的内心。书法,只是他们记录内心最直接、最安全的方式之一,很多时候,这与盛大的时代或背景没有任何关系。

在大多数人看来,奇形怪状的甲骨文和密密麻麻的竖排繁体字简直可以令人发疯。它们的魅力何在?我觉得这是个很难回答好的问题。我想,是因为时间。任何时代,任何地点,任何人,任何事情,不论曾经是盛大还是微渺,繁华还是寂寥,只要能经历时间的洗礼而留存,哪怕只有最细微的记录,就是其生命的延续,是对后世最朴实无华的馈赠,一切都显得贵重。在发黄的故纸堆里,我总能深切感受到人性的光华,因为付出感情的文字,终归会被感情收藏。这样一切由心而定,没有局限的生活,只有有着强大内心的人才能做到吧。

同学们,请相信,练习书法的时候,你会趋近一种简单朴素、真实自然、拥有自我方式的生活。"青灯古卷书盈怀,檀木香屑笔如花。洞箫喑哑竹林碧,绿树荫翳栏似画。"仿佛闭上眼睛,屏住呼吸,眼前便有莲花大片地盛开。

文学视野

描写书法的诗词有以下几首:

书 画

朝书暮画,斯如骑战马。激情笔笔注点划,应知情义无价。
志书上溯秦汉,能否来者不见。行时哈冻挥汗,泼出满纸云烟。

十六字令

书,楷隶劲草控不住,溯秦汉,字字风和雨。

达 意

笔墨挥洒韵味,捷思闪烁光泽。

知识导读

书法是汉字文化中最独特的艺术,被誉为:无言的诗,无行的舞;无图的画,无声的乐。中国书法借由行书、草书、隶书、篆书、楷书等不同的书体,不仅有表情达意的功能,也兼顾了视觉的审美情趣。在阅读本章的时候,请静下心来欣赏历代书法家们的经典之作,你会情不自禁地沉浸于世界顶级的美感风范之中,感受到美好的视觉体验并发觉其中的乐趣,从而逐渐培养出高素质中学生的赏鉴眼光和文化品位。

自主赏析

书法于人的作用是什么?南宋罗大经的《鹤林玉露》中有一篇《山静日长》,或许可以很好地回答这个问题。

唐子西诗云:"山静似太古,日长如小年。"余家深山之中,每春夏之交,苍藓盈阶,落花满径,门无剥啄,松影参差,禽声上下。午睡初足,旋汲山泉,拾松枝,煮苦茗啜之。随意读《周易》《国风》《左氏传》《离骚》

《太史公书》及陶杜诗、韩苏文数篇。从容步山径，抚松竹，与麛犊共偃息于长林丰草间。坐弄流泉，漱齿濯足。既归竹窗下，则山妻稚子，作笋蕨，供麦饭，欣然一饱。弄笔窗前，随大小作数十字，展所藏法帖、墨迹、画卷纵观之。兴到则吟小诗，或草《玉露》一两段，再烹苦茗一杯。出步溪边，邂逅园翁溪叟，问桑麻，说粳稻，量晴校雨，探节数时，相与剧谈一晌。归而倚杖柴门之下，则夕阳在山，紫绿万状，变幻顷刻，恍可入目。牛背笛声，两两来归，而月印前溪矣。

这篇《山静日长》字字让人觉得欢喜，大家读罢是不是也想到罗大经笔下的山间一游？但是，这篇文字动人的不仅是其描绘的景致，更是其内含的一种悠远情谊。书法的提顿转折间，蕴含的就是这样一种情意。看似枯燥，但是正是在这样的过程中，时间趋向缓慢、寂静——在缓慢中有丰富绵长的流转，在寂静中有笃实厚重的基底。在今日被飞速发展的四周包围着的我们，是否正需要这样一种丰富绵长，这样一种笃实敦厚呢？

横竖撇捺，可见担当。

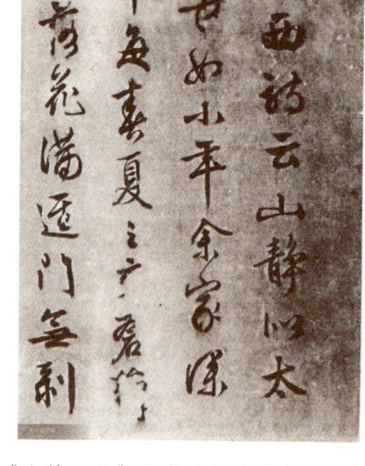

《山静日长》行书卷局部（文征明）

书法的执笔

◎ 枕腕

写毛笔字时把左手掌背平垫于右手腕下，称为"枕腕"。

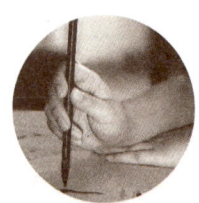

◎ 提腕

手腕不靠桌而提起者称为"提腕"。其法以肘着案而虚提手腕，多用以写中等大小的字。

◎ 悬腕

"悬腕"是指手腕悬起,手肘也离开桌面的书写方式。写字仅仅提腕还不能上下纵横自如地运笔。悬腕能使肩部松开,全身之力由于无所窒碍,才得集注毫端,点画方能劲健。

◎ 回腕

腕掌弯回,手指相对胸前,故称"回腕"。清代何绍基写字即采用此法,执笔时腕肘高悬,能提能按,然不能左右起倒,有违常人的生理机能,故一般多不采用。

一、书法之美——形体美

著名书法家、书画鉴定家启功先生在《书法概论》中曾提及:"书法,就是写字的方法。"《现代汉语词典》中对书法的解释是:"文字的书写艺术,特指用毛笔写汉字的艺术。"书法,确是汉字特有的艺术。为什么很多外国朋友可以讲一口流利的汉语,却很难写一手漂亮的汉字?原因就在于对汉字形体的把握难度很大。汉字之所以能成为艺术,就在于它的形体美,在于书写的效果。

我们形容灵动的美人,活色生香这个词最合适不过了。书法的美亦如此,其中蕴含着活生生的、流动的、富有生命暗示的自由的美。"每为一字,各象其形""观之于字,会之于意"。汉字中的某些象形因素,书法作品的结构,每个汉字的线条及其造型上的某些倾向,都会使欣赏者浮想联翩。原因就是书法的形体如行云流水,或骨力追风,或柔中带刚、方圆适度。唐代文学家韩愈在观看了"草圣"张旭的书法作品后,赞叹道:"观之于物,见山水崖谷、鸟兽虫鱼、草木之花实,日月列星,风雨水火,雷霆霹雳,歌舞战斗,天地事物之变化,可喜可愕,一寓于书。"王羲之《何如帖》中"羲"字的写法就有三种,《兰亭集序》中的"之"字更有二十七种写法之多。书法的形体美——点画线条、字形神态,包含了许多生动可感的形象,联想、想象由此架起了书法欣赏者与创作者心灵沟通的桥梁。

《何如帖》中三种写法的羲字

下图为王羲之行书《平安帖》《何如帖》《奉橘帖》，三帖连为一纸。现藏于台北故宫博物院。三帖在形体上均牵丝游离，具跃动感。墨色比重变化有致，更显立体。

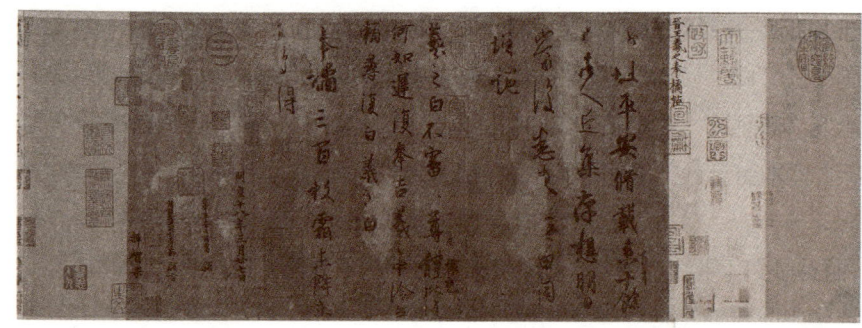

王羲之行书《平安帖》《何如帖》《奉橘帖》

但灵动飘逸又不等于柔若无骨。书法的形体美恰恰就在于人心中唤起的力量感。晋代书法家卫夫人认为："多力丰筋者圣，无力无筋者病"；"善笔力者多骨，不善笔力者多肉"（《笔阵图》）。所谓"筋"，就是点画坚韧遒劲，具有弹性；所谓"骨"，就是点画铁画银钩，坚实有力。筋和骨能够使书法的形体线条深沉厚重，即使细如发丝，也有"入木三分，力透纸背"之妙。"行行若萦春蚓，字字如绾秋蛇"，这是批评草书写得没有笔力的话；"颜筋柳骨"则正好符合"骨肉相称"的要求，因而成为书法用笔技巧的重要典范。

书法的形体美，以其超越自然模拟的笔画的自由和力量，构造出一篇篇错综交织、丰富多样的纸上舞蹈，它使书法欣赏变得生趣盎然。

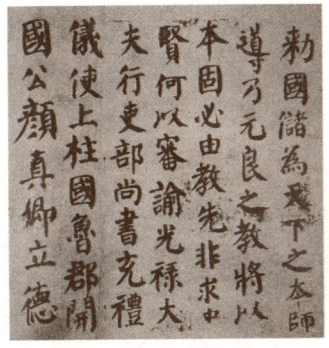
《自书告身帖》（颜真卿）

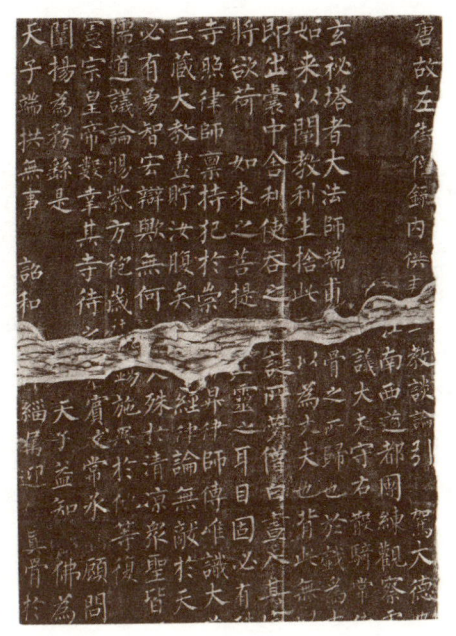
《玄秘塔碑》（柳公权）

二、书法之美——章法美

现在的中学生都很时尚，早早就懂得搭配之道。比如花色上衣要配素色裤子，全身素净就要配一双鲜亮的鞋子，讲究的就是一种整体的和谐美感。书法的章法，说的也是这样一种和谐的美感。整幅书法作品中，字与字、行与行之间呼应，怎样安排布置，显得既和谐统一，又富于变化，从而使作品生机无限，显现出整体美，这都是有讲究的。

明代董其昌《画禅室随笔》云："古人论书以章法为一大事，盖所谓行间茂密是也。余见米痴小楷，作《西园雅集图记》，是纨扇，其直如弦，此必非有他道，乃平日留意章法耳。右军《兰亭叙》，章法为古今第一，其字皆映带而生，或小或大，随手所如，皆入法则，所以为神品也。"这就好比用兵布阵，有其普遍的规律。由此可见，章法在一件书法作品中显得十分重要。

人对节奏最敏感的器官固然是听觉，但人的视觉也具有一定的节奏感能力。书法作品是视觉艺术，但是却可以通过章法创造出节奏感。唐代孙过庭在《书谱》中强调，"一画之间，变起伏于锋杪，一点之内，殊衄挫于毫芒"，说的就是利用书法作品中既连续又有规律变化的点画线条，引导人的视觉运动方向,控制视觉感受的变化,给人的心理造成一定的节奏感受,并由此而产生一定情感活动。

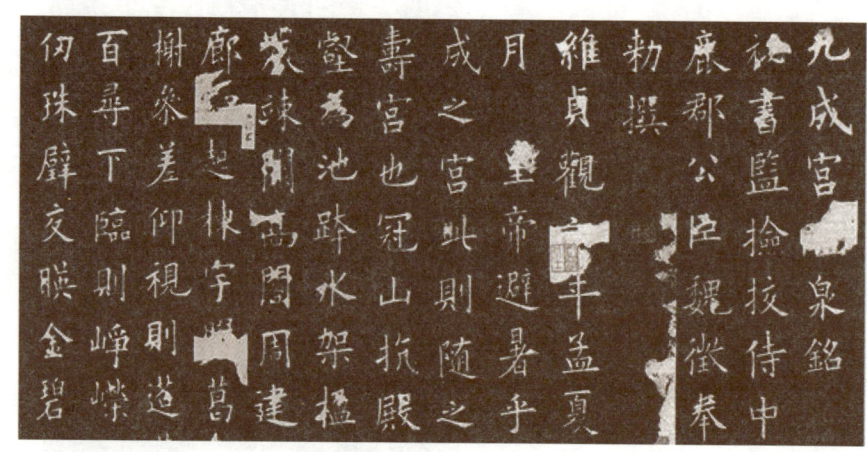

《九成宫醴泉铭》(欧阳询)

上图所示为唐欧阳询《九成宫醴泉铭》,同学们看到的第一反应有可能是,这是电脑打印的吧?可见这幅书法作品章法之完美精准。综观其间每一个字,笔画之间虽然各自独立,但是线条的粗细变化,横折撇捺,却是笔笔到位,一丝不苟;间架结构更似非人力所为,呈现出字字铿锵的节奏感。欧阳询所呈现的书法章法之美,千百年来历经书法家和书论家的检视与考验,此作更是被推崇为学书之范本。

所以章法的调和优美,结字在连绵映带中呈现布白的细致,均来源于书法家过人的控笔功夫。王羲之字间的余白,令人感觉舒畅、从容,节奏舒缓绵长,呈现东晋皇室贵族独特的审美。《快雪时晴帖》结体匀整安稳,显现气定神闲、不疾不徐的情态,明代鉴藏家詹景凤以"圆劲古雅,意致优闲逸裕,味之深不可测"形容它的特色。

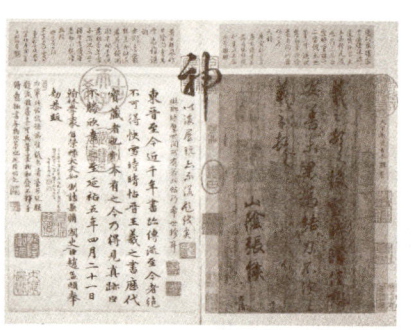

《快雪时晴帖》(王羲之)

总而言之，注重书法的章法之美，必须处理好字中之布白、逐字之布白、行间之布白，使点画与点画之间顾盼呼应，字与字之间随势而安，行与行之间递相映带，如是自能神清气畅，精妙和谐，产生"字里金生，行间玉润"的效果。

三、书法之美——情怀美

我们被一件艺术作品打动的原因，多半是它所传达的情怀触碰到了我们心中某一处柔软的地方，通俗来说就是引起了我们的共鸣。看梵高的《星夜》，就会想起在欧洲旅行时，途经的那片清晨有浓雾和露水、夜晚有月色和星光的油菜花田。清透夜色中透出的光亮，像是经历时光淘洗后的一抹微笑，搁浅在无人知晓的岁月深处；看云门舞集的《水月》，就会想起儿时楼下的那株玉兰或是妈妈年轻时候的模样。妈妈总是喜欢将头发随意挽起，露出修长洁净的脖颈和好看的锁骨，她有着夜湖月色般的目光。

书法也和绘画、文字、音乐、舞蹈一样，能充分表达书法家的心灵情韵。唐代张怀瓘在《书议》中曾把书法艺术称为"无声之音"，主要是指书法用笔轻重徐疾，抑扬顿挫，就像音乐一样能唤起人们的节奏感；又像心电图上的心脏活动一样，反映喜怒哀乐。南齐大书法家王僧虔提出了书法以"神采"为上的观点。他在《笔意赞》中说："书之妙道，神采为上，形质次之。"一语道破了书法艺术的根本，就是表现作者自身的情怀。

颜真卿《祭侄文稿》乍看之下觉得乱七八糟，颇多涂改。这放在我们的考试中肯定要扣卷面分。但如果我们知道这本是颜真卿用以悼念侄儿身

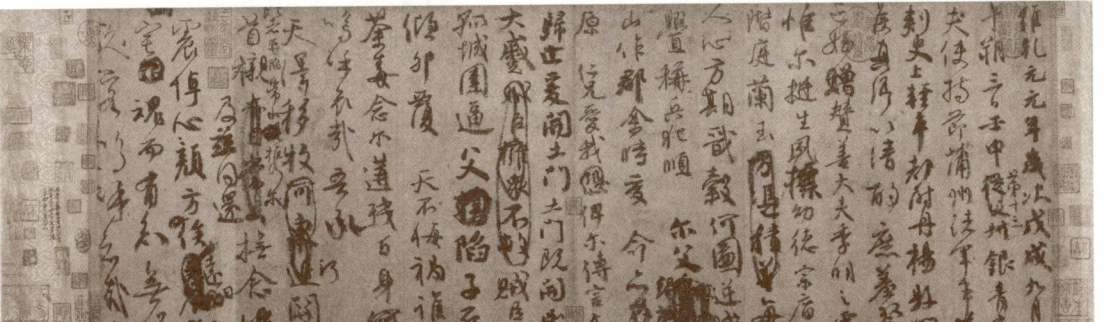

《祭侄文稿》（颜真卿）

亡于安史之乱的草稿，就会不忍心扣分了。我们注意看，其间每一个字几乎都是一笔书写到底的，删改处先以椭圆形画出，再将增字书写于一旁，情绪起伏充斥于纸上，欣赏者也不禁被这份真挚所打动。

宋代的书风普遍崇尚意趣，追求笔墨之外的个人意蕴与趣味，充分表现自我，抒发胸臆，对作品要求自然、天真、真率。例如，苏轼的书论主旨是不受法度的约束，追求自由抒发。"浩然听笔之所之，而不失法度，乃为得之""我书意造本无法，点画信手烦推求""书初无意于佳乃佳尔"，这些言论无不闪耀着书法追求自由表现情怀的光辉。

被称为"天下第三行书"的北宋苏轼手迹《黄州寒食帖》，给人最直观的视觉感受就是有好几个字结尾的一竖特别长也特别锐利，字越往后写越大，这究竟是什么缘故呢？

首先我们要知道：寒食节是什么节？晋文公为请隐居山林的介之推出山辅佐朝政，不惜放火烧山，最后介之推宁可烧死也不愿出仕。为纪念介之推，晋文公下令这一天禁止烟火，只吃寒食。苏轼因"乌台诗案"被贬谪于湖北黄州，《黄州寒食帖》是他在黄州的第三年寒食节所作。这种处于低谷的苍凉，因孤独寂寞而产生的惆怅之情，到了寒食节，一触即发。历史是君王求才若渴而不得，现实是士人立志报国而被逐，悲剧经历历史的淘洗却又相似地上演。

《书断》中说："深识书者，惟观神采，不见字形。"这说的就是如《黄州寒食帖》般注重风神气韵，即内在气质，完全摆脱字形的束缚。故世人遂将《黄州寒食帖》与东晋王羲之《兰亭序》、唐代颜真卿《祭侄文稿》合称为"天下三大行书"，或单称《黄州寒食帖》为"天下第三行书"。

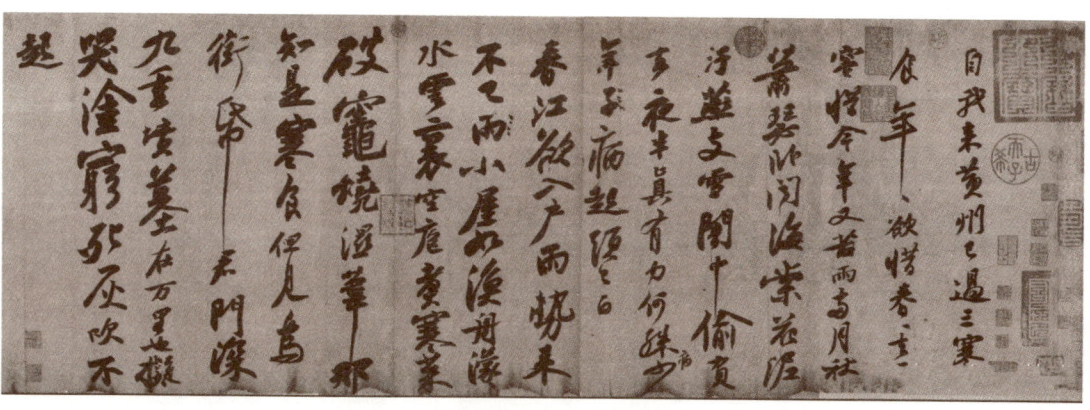

《黄州寒食帖》（苏轼）

我们看到董其昌的《周敦颐通书语》，第一反应可能是"字大"。其实，董其昌就是一个"自大"的人。《周敦颐通书语》正体现出这位"字大"的书法家天资禀赋、自视甚高的内在气质。这幅字用笔恣意、善用飞白，不拘泥于形式。岔笔处不刻意收尾，自由豪放，呈现他最擅长的"率意"风格。

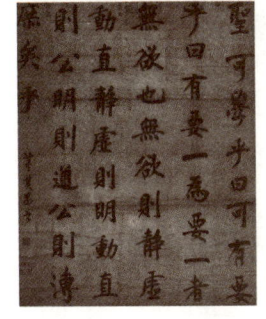

《周敦颐通书语》（董其昌）

所以说，书法是心灵化的艺术，是情怀的抒发。书法家挥运时意不可遏，才通过变化多端的线条来"达其情性，形其哀乐"，作美感的抒发。其精神、气质、修养、情感皆凝蓄于笔墨之中，呈现出动人的神采和风度。观其情怀流露处，会使人感受到点画振振若生，跳踯流动，风姿翩然，意味不可穷极。

资料信息

欧阳询

欧阳询（557—641年），字信本，汉族，唐朝潭州临湘（今湖南长沙）人，楷书四大家之一。南朝梁太平二年（557年）出生于衡州（今湖南衡阳）。

欧阳询与同代的虞世南、褚遂良、薛稷三位并称初唐四大家。因其子欧阳通亦通善书法，故其又称"大欧"。

他与虞世南俱以书法驰名初唐，并称"欧虞"，后人以其书于平正中见险绝，最便初学，号为"欧体"。

其代表作楷书有《九成宫醴泉铭》《皇甫诞碑》《化度寺碑》，行书有《仲尼梦奠帖》《行书千字文》。他对书法有独到的见解，有书法论著《八诀》《传授诀》《用笔论》《三十六法》；所写的《化度寺邑禅师舍利塔铭》《虞恭公温彦博碑》《皇甫诞碑》被称为"唐人楷书第一"。

探究实践

以下这篇书法作品,同学们一定不陌生。请你依据书法的"形体美""章法美"和"情怀美"来为它写一篇鉴赏的文字吧!写完之后,背诵自然也不在话下了,岂非一举两得?

第十一章

音乐美

编者心语

音乐其实就是一种表达方式，和文字一样。

只是这种表达方式是如此的不可替代，刘索拉在《你别无选择》中写道："孟野的作品质朴得无与伦比，哀伤得如泣如诉，好像高山巨石，参天古树，大地在毁灭中挣扎，万物唱着古老的曲调。"人类情感的所有细节，在音乐中都能被表达，都能被重视，都能被共鸣。难以描摹的悲伤，无法言传的静谧，在音乐中都跳动地呈现着。

我们欣赏音乐，因为它提供了一个美好世界的意象，绚丽而庄严的庇护所，甚至还有爱的慰藉。有时候它象征着世上一些事物超凡脱俗，还有诸如上帝比我们人类更伟大的存在，引发我们去思考客观世界。这就是艺术的价值，它展示了人类所能及之事，人类精神所能承载之力。它们预示着超越我们自身的精神存在，指引我们思考并不断追寻自己在这世上存在的意义。音乐的美就在这里。

但，这种美同时又是厚重的，大脑的中颞叶是处理音乐和语言的听觉中枢，和学习语言一样，只有每天勤加聆听才能感受到音乐的美，通过多年的练习才能创造音乐的美，但这不就是人的完整性的具体呈现吗？凭借一己之力破解众生万世的悲喜之谜。

理查·施特劳斯《死亡与净化》用不和谐音解构和音来描述生命从繁华喧嚣中走向寂灭；莫扎特通过《羞惭无地》《落泪之日》分别描写了受诅咒之人、受庇护之人；伊索尔德抱垂死的特里斯坦入怀时唱起了咏叹调，幻想他们今后的生活，在来世在天堂的"爱之死"……

音乐有最复杂最丰饶的面容。

听颖师弹琴

韩愈

昵昵儿女语，恩怨相尔汝。
划然变轩昂，勇士赴敌场。
浮云柳絮无根蒂，天地阔远随飞扬。
喧啾百鸟群，忽见孤凤凰。
跻攀分寸不可上，失势一落千丈强。
嗟余有两耳，未省听丝篁。
自闻颖师弹，起坐在一旁。
推手遽止之，湿衣泪滂滂。
颖乎尔诚能，无以冰炭置我肠。

文学视野

这首诗先用一连串贴切、生动的比喻，描写音乐形象，把人带入美妙的琴声中，然后才点出这是颖师所弹奏的琴曲，并以自己感受之深，加以赞叹。这是一种倒点题法，在这里使用这种写法，更能增强感染读者的效果。

知识导读

在日常生活中，音乐无处不在。不仅在我们的乐谱、乐器中，不仅在音乐厅演唱会上，还在日常场景如咖啡馆、公交车、大型商场中。人们需要、热爱音乐。那么，音乐的魅力到底在哪里呢？人们热爱音乐的原因何在呢？

自主赏析

一、音乐的价值

人创造音乐，是因为有听觉方面的特殊需要，从世界范围的历史看，这种需要经历了许多变化。原始时期，萌芽状态的音乐是和劳动、宗教、礼仪、交际、娱乐等活动混杂在一起的，如《诗经》中的雅、颂部分的诗歌描绘了当时音乐用于祭祀的壮观场面。后来，音乐艺术逐渐从综合活动中独立出来，成为一种特殊的活动，也成了社会分工之一。

音乐能满足人对它的多种需要，因此音乐具有多种价值。

音乐被用于教化、宣传、教育、认识、宣泄、科学利用等目的时，具有各种实用功能。

孔子说过,"移风易俗,莫善于乐"。为什么说改变风尚习俗或道德教化最擅长者是音乐呢?因为音乐对人心具有"潜移默化"的作用。从古至今,政治家、社会活动家、教育家等,都把音乐当作教化的手段,如中世纪,音乐被用于宗教的目的,它的教化作用几乎天经地义、无须辩白地直接渗透在生活各方面。

音乐被用于宣传,在近现代主要发生在与战争、政治、经济、社会福利等有关的活动中,如战争歌曲、政治歌曲、广告音乐、企业歌曲、宣传环境保护的音乐等。

音乐在科学利用中,有以下几种情况:在医疗(如拔牙)中代替麻药镇痛等;在车间、公共环境、服务行业、交通工具、居家等场所中作为优化环境的背景音响;在动物饲养和植物栽培中作为催奶、催蛋、催花果、促生长等手段。在战争中,音乐还可以作为一种特殊的武器,例如"空城计"和"四面楚歌"的典故中所描述的那样。

空城计

对音乐的各种功能和价值进行比较,可以发现音乐作为审美对象时具有不可替代的独有价值。根据本质的经典定义,音乐的审美功能便是"本质功能",音乐的本质就体现在人与音乐的审美关系中。人对音乐进行审美活动时,音乐的美就产生了。

音乐美指的是音乐给人带来美感,人们在欣赏音乐时产生了无功利的快感,而这种无功利就与上文提到的实际功用截然相反,人们将这种带来快感的音乐称为美的。

二、音乐的形式美

音乐美是音乐的形式美和内涵美的高度统一。音乐的形式由音乐的基本要素（材料）及其组织构成。而这些材料是人类在长期的生产劳动实践活动中，经过不断筛选所发现的，能引起人们审美感受的声音材料。这些声音材料的有规律的组合运用形成了节奏、旋律、曲式、调式、和声、复调等音乐基本要素。音乐基本要素通过各种有序的组合方式组合起来，从而体现出音乐艺术独有的形式之美。

音乐家贝多芬

在贝多芬的交响曲中，音乐形式美表现得十分突出。贝多芬在第六交响曲《田园》的第一乐章中，用很多连续的十六分音符来象征小溪的潺潺流水声。十六分音符节奏周而复始的规律给人一种整齐的律动性音乐美感。在这个基础上，贝多芬运用弦乐和木管乐器分别演奏清新动人、柔和优美的旋律，使音乐始终贯穿着一种流动的均衡之美。

田园交响乐乐谱

音乐的形式并不是孤立于内涵之外的独立物，因为音乐基本要素能够与人类的审美心理相融合、相对应，它本身就包含着情感等内容。例如：响亮的响度表示激动、狂欢、高兴、愤怒等，轻柔的响度表示忧郁、优雅、温和、悲伤；大调表示愉快、优美、严肃等，小调表示悲伤、紧张、厌恶；快的速度表示兴奋、激动不安、狂喜，慢速表示宁静、感伤、高贵、庄严；大三度表示愉快；增四度表示穷凶极恶；上行的1—2—3—4—5（大调）表示一种奔放、积极、自信，下行的5—4—3—2—1（小调）表示一种内向的痛苦情绪、沮丧、压抑、绝望，等等。

三、音乐的内涵美

音乐美通过形式美引发人们的想象，使审美者感受到生命的存在、生命的秘密与生命的节奏，从而获得生命力的自我展现，体现了音乐的内涵美。

贝多芬的第五交响曲《命运》第一乐章有着跌宕起伏的节奏和扣人心弦的旋律，乐曲富有生命力的节奏和旋律构成了对顽强生命力的讴歌，乐曲每一个跳动的音符，每一段旋律，甚至每一件乐器的形象，都能在人身上找到自己恰到好处的位置。欣赏者在欣赏乐曲时联想到人的生命存在，感动于贝多芬对生命的刚毅、挑战、坚强和不屈服于命运的精神的同时，也产生了对人生的深思：生命是我们自己的，我们要勇于追求理想，勇于挑战命运……欣赏者在获得对生命力自我确证的同时被人类的本质力量深深感动，审美愉悦油然而生。

音乐能够把不同类型的情感，如爱情、亲情表现得淋漓尽致，也能把人类的各种实践活动，如道德实践、劳动实践、认识活动等通过音乐音响以间接的方式表现得鲜明、生动而形象，肯定现实中美好的事物，并能激起自身多种美感情态，获得内心的和谐。贝多芬的第六交响曲《田园》五个乐章都带有充满生活情趣的小标题，整部交响曲仿佛是一部田园生活的回忆录。《梁山伯与祝英台》（《梁祝》）则体现了男女主人公之间爱情的美好、磨难和坚贞，以及他们最后双双化蝶后的轻盈和翩翩。绘声绘色的音乐使人从标题和音乐内容中获得了生命的体验，感受到人的精神在生命过程中展现出来的庄严和美丽。

《梁祝》（何占豪、陈钢创作，盛中国小提琴独奏）

《田园交响曲》（贝多芬创作，Columbia Symphony Orchestra 演奏，Bruno Walter 指挥）

资料信息

要全面地欣赏领略一首音乐作品,一般来讲应具备以下几方面的知识:

1. 了解音乐作品的时代背景

每一首优秀音乐作品的产生,都饱含作曲家对现实生活的感受。每一部作品的诞生都有着它的时代背景和时代特点。例如贝多芬的《第九交响曲》是在欧洲资产阶级革命遭到失败,封建王朝复辟,整个欧洲一些自由思想和民主运动遭到残酷镇压的背景下创作的。它集中反映了民众反抗专制暴政的斗争和思想境界。冼星海的《黄河大合唱》描述了抗日战争时期,中华民族的宏大气魄与不屈不挠战胜一切艰难险阻的时代精神。因此,了解作品的时代背景,是理解音乐作品内容的前提。

2. 掌握音乐的民族特征

"创造音乐的是人民,作曲家只是把它编成曲子而已。"这是俄国作曲家格林卡的一句名言。一切优秀的音乐作品都植根于民族音乐传统,具有各自的民族特征。有些作品概括地体现了民族民间音乐的某些特点;另一些作品则与具体的民族民间音乐保留着密切的联系。例如:何占豪、陈钢创作的小提琴协奏曲《梁山伯与祝英台》,吸收了我国南方越剧中的音乐要素;柴可夫斯基的芭蕾舞剧《天鹅湖》中的《西班牙舞曲》《那不勒斯舞曲》《匈牙利舞曲》等乐曲都与民族民间音乐保留着密切的联系。

3. 音乐标题

标题是说明作品内容的一段十分精炼的文字。例如:小提琴协奏曲《梁山伯与祝英台》是乐曲的"说明",也是作品的标题。音乐标题在某种程度上是对欣赏者的提示,帮助人们了解乐曲所表达的基本内容。另外,在一些器乐作品中没有标题,只有作品调号与演奏形式,例如柴可夫斯基的《D大调小提琴协奏曲》等。

4. 音乐语言

音乐语言包括很多要素,如旋律、节拍、速度、音色、和声、复调、调式、调性等。一首音乐作品的思想内容和艺术美,要通过各种要素的组合才能表现出来。旋律尽管是音乐的灵魂,但它离不开其他要素的衬托。作曲家巧妙地运用音乐语言中各要素的功能，绘制出一幅又一幅动人的音乐诗篇。

5. 曲式和体裁

曲式是音乐材料排列和组织的样式，也就是音乐的结构布局。曲式有乐段、二段式、三段式、复三部曲式、回旋曲式、变奏曲式和奏鸣曲式等。体裁是音乐的品种，是在不同时代、不同民族的社会文化生活中所积累而成的，如同文学中的散文、诗歌、小说等体裁。音乐作品的体裁一般有歌曲、序曲、进行曲、舞曲、组曲、协奏曲和交响曲式等。

探究实践

按照资料信息中的方法，选择你喜欢的一部音乐作品，写一篇欣赏手记吧。

第十二章

戏曲美

编者心语

我自幼便读《红楼梦》,年岁长了得知它又名《石头记》,心下便固执地只喜欢《石头记》这个名字了。因为我相信人与石一样,有一个轮回——原石崩裂,璞玉初开,入世一游,终究是要返朴归真的。最惬意的人生,应该是要活出童年的姿态,像水一般澈,木一般实,山一般宽厚,石一般真,星月一般美。但是,现实的世界并不如此,我们终究会知道,圣诞老人不会从烟囱里下来;说谎时鼻子不会变长;吃下再多的西瓜籽,肚子里也不会长出西瓜。多久,我们没有恣意地去创造故事;多久,我们没有任性地去经历大喜大悲;多久,我们没有返朴归真。是的,返朴归真。满世界的心灵鸡汤都在叫嚷着要返朴归真,怎么归?

如今,你怎么归?

不怕,戏里归。英雄美人,爱恨情仇,繁花与琴瑟,华服玉食,绣有牡丹或凤凰的手巾子,紫檀架上的古物,上好的新绿茶叶在水中缓缓展开……真的假的、远的近的、过去的未来的,我们都可以找到投射的那个最初向往的自己。在那里,你不用再像一只飞蛾,扑向现实世界的火焰,你可以无比自由,可以无比坚强,可以无比快乐;在那里,花不会谢,星星不会黯淡,美人也可以不老。或许,现在的一切都太快了,童年时最初向往的世界它已经不记得你,你也不记得它。但是我相信,它是你心里的小桥流水人家,不论你走到哪里,走得多远,它都在那里。

小时候陪姥爷看戏,我问:"姥爷,电视里的人又开始唱戏了,咿咿呀呀的,他们的脸怎么那么花?"

"因为他们在别人的故事里,流着自己的眼泪。"

文学视野

代曲江老人百韵（节选）
元稹

何事花前泣，曾逢旧日春。先皇初在镐，贱子正游秦。
拨乱干戈后，经文礼乐辰。徽章悬象魏，魏虎画骐驎。
光武休言战，唐尧念睦姻。琳琅铺柱础，葛藟茂河漘。
尚齿惇耆艾，搜材拔积薪。裴王持藻镜，姚宋斡陶钧。
内史称张敞，苍生借寇恂。名卿唯讲德，命士耻忧贫。
杞梓无遗用，刍荛不忘询。悬金收逸骥，鼓瑟荐嘉宾。
羽翼皆随凤，圭璋肯杂珉。班行容济济，文质道彬彬。
百度依皇极，千门辟紫宸。措刑非苟简，稽古蹈因循。
书谬偏求伏，诗亡远听申。雄推三虎贾，群擢八龙荀。

知识导读

戏剧，一言以蔽之，"谓以歌舞演故事也"，即将诗、乐、舞这三种艺术形式以一种标准聚合在一起。诗指文学，乐指音乐伴奏，舞指表演。此外还包括舞台美术、服装、化妆等方面。同时，戏曲以唱、念、做、打为基本手段，几乎将各类表演艺术成分集于一台。戏曲演员必须掌握"四功五法"（"四功"即唱、念、做、打，"五法"即手、眼、身、法、步）。中国戏曲始终扎根于中国民间，其中，京剧、豫剧、越剧、黄梅戏、评剧称为中国五大戏曲剧种。其主要特点，以集汉族古典戏曲艺术大成的京剧为例，一是男扮女（越剧中则常见为女扮男）；二是划分生、旦、净、丑四大行当；三是净角有夸张性的化装艺术——脸谱；四是"行头"（即戏曲服装和道具）有基本固定的式样和规格；五是利用"程式"进行表演。特别值得一提的是昆曲——明代中叶至清代中叶戏曲中影响最大的声腔剧种。很多剧种都是在昆曲的基础上发展起来的，故昆曲有"中国戏曲之母"的雅称。它是中国戏曲史上具有最完整表演体系的剧种，基础深厚，遗产丰富，是中国汉族文化艺术高度发展的成果，在中国文学史、戏曲史、音乐史、舞蹈史上占有重要的地位。昆曲的表演有独特的体系与风格，它最大的特点是抒情性强、动作细腻，歌唱与舞蹈的身段结合得巧妙而和谐。希望同学们在阅读本章后，能自行下载推荐的剧目，尝试着去体会中国戏曲高绝千古的丰神美韵，让心灵感受华美与高雅。

自主赏析

一、戏曲之美——服饰美

现代人流行玩微博，下图是天津青年京剧团程派青衣、国家一级演员、梅花奖获得者刘桂娟的一条图文微博："这一头点翠头面，十几年前买的，花了12万银两，今天即使是40几万（元）人民币也买不到了，80只翠鸟翅膀下的一点点羽毛，经过点翠师傅的手艺，变成有流动光泽的头面，永不褪色……"这条微博引发了巨大的争议，有人说她炫富，有人说她残忍。同学们一定疑惑，一个头面缘何如此讲究？传统戏剧行头手艺真的值这个天价吗？

中国传统戏曲舞台上的一唱一念、一招一式、一颦一笑都魅力无穷，与之相映衬的就是那美丽的服饰行头。戏曲服饰是一种视觉艺术，中国戏曲服饰的款式丰富多样、图案夸张奇特、颜色丰富多彩、工艺制作精美，戏曲服饰与其他艺术门类的服饰多有不同，样式、色彩、花纹、质料都是

它的具象化载体。如青春版《牡丹亭》的服装，其最大的亮点在于苏绣，华美、精致。素色的底子，绣着淡雅的花，移步轻摇，举手投足，摇曳生姿，似一幅会动的山水画。女子的精致婉转尽在裙裾飞处。

王国维在《戏曲原考》中说："戏曲者，谓以歌舞演故事也，虽咏故事，而不被之歌舞，非戏曲也。虽和歌舞，而不演故事，亦非戏曲也。"所以说，戏曲人物的塑造离不开剧情的推进、人物关系的勾连，而服饰是戏曲艺术不可缺少的组成部分，它始终紧随人物。欣赏戏曲服饰通常是从外部的形体、色彩、质感等形式美的视觉感知开始，然后由表及里，从现象到本质，使直觉体验与欣赏者的联想、想象等形象思维结合起来，展开想象与情感的翅膀，达到最佳的审美境界。

所以说，戏曲服饰的考究，是为了符合戏曲人物的身份，更好地表现人物的情感意趣，"天价"的行头不仅体现了传统戏剧手艺的精湛，更体现了中国戏曲的艺术魅力、非遗传承。同学们一定看过陈凯歌导演的《霸王别姬》，有人说过，这世上能将虞姬的悲凉、妩媚淋漓尽致地表现出来的人，只有张国荣，我们就以剧中张国荣的行头为例。

虞姬唱念舞并重，属京剧中的花衫行当。虞姬的扮相区别于一般旦角之处，就是她头上的如意冠以及斗篷，虞姬斗篷是黄底蓝绲边，刺绣也是不规则的——通常有锦鸡，也有绣凤凰、仙鹤以及以牡丹为主的各色花卉。"锦鸡"这个纹样象征着虞姬忠贞于项羽，同时，"鸡"与"姬"谐音；

《霸王别姬》剧照

另一面是鸳鸯和芦苇,暗喻漫漫黑夜、四面楚歌的现实,从而烘托项羽别姬时"力拔山兮气盖世,虞兮虞兮奈若何"的悲壮气氛。挡住耳朵的绢花是为了将一切美放大,将丑缩小。古时,人们认为耳朵不美,所以挡住。

虞姬的服装亦有其特别之处——有点像鱼鳞。这就是传说中的"鱼鳞甲"。设计者谢杏生取"虞"的谐音"鱼",别出心裁地设计出了鱼鳞甲,受到梅兰芳先生的高度赞赏。特别值得关注的是,鱼鳞甲的袖口是封袖。那个唱出《和垓下歌》的女子,若是广袖飘飘,云衣轻摇,百褶裙曳地,是不是很突兀?这样封袖口的设计,让人觉得虞姬的扮相,和一般旦角相比,少了些柔美,多了些刚毅。

所以说,戏曲服饰是中国人民创造的艺术,在戏曲服饰上的图案、颜色等,都是艺术家想象力、创造力的体现。

垓下歌

力拔山兮气盖世。
时不利兮骓不逝。
骓不逝兮可奈何!
虞兮虞兮奈若何!

和垓下歌

汉兵已略地,
四方楚歌声。
大王意气尽,
贱妾何聊生!

二、戏曲之美——唱词美

戏曲之所以美,有一个很重要的因素是戏文美。剧作家不但是一个一般意义上的文学家和剧作家,还必须是一位诗人,必须具有深厚的古典文学和古典诗词的修养,才能写出朗朗上口、优美动人的唱词来。例如昆曲的曲牌,其音乐结构和文学结构是统一的。曲牌由词发展而来,又称词余,在文字上是长短句式,写作就是填词。一个曲牌有多少字、多少句,每个字的平仄声,都有规定。如不根据平仄声就要形成倒字,很难谱曲和演唱。这也是写作和演唱昆剧难度很高的一个原因。

中国戏曲的唱词,汇合了中国五千年来源远流长的古典文化,光是清读,就美得令人深醉。如京剧《英台抗婚》中"惊聘"一折的唱词:"羞答答假意儿佯装镇静,山伯兄可算是守信之人。锦匣内有宝砚传世珍品,在那厢系冰弦乃是古琴。砚同琴暗藏着心心相印,梁仁兄为彩礼煞费苦心……"

惟妙惟肖地写出了祝英台这位多情少女见到聘礼，以为是梁山伯如约前来下聘时的惊喜心情。

《梁祝》

《西厢记》的唱词抒情婉转，明代文学家王世贞盛赞西厢唱词的文辞之美："北曲故当以《西厢》压卷。"不仅如此，《西厢记》唱词清丽到极致，且契合人物性格，莺莺婉约柔美，红娘则新鲜活泼。如越剧《西厢记》中莺莺唱："落红阵阵遍地胭脂冷，蝴蝶梦断杜鹃惊花魂，昨夜他锦囊妙诗传音讯，今日里玉堂人物难相亲，系春心柳短情丝长，隔花荫人远天涯近，恹恹瘦身早伤神，裙带宽难消愁几度黄昏。"明初朱权称其唱词如"花间美人，铺叙委婉，深得骚人之趣"。故黛玉葬花之时，偶遇《西厢》，越看越爱，不消一顿饭工夫，十六出俱已看完，觉辞藻惊人，余香满口。

说到黛玉，不得不提越剧《红楼梦》，戏曲唱词的"言浅、情深、意重"它都做到了。对比着宝玉的"他是帕上情丝千万缕，我是笔尖心事一行行"，来听黛玉的"他那里，是花烛面前相对笑；我这里，是长眠孤馆谁来吊"，简直要让人落下泪来。

黛玉还是有过希望的，虽然希望渺茫。焚稿的黛玉死心绝望，满腹怨愤只化作一句"宝玉，你好……"从此"愿得一心人，白首不相离"的希望破灭，万般情义由此断绝——"朱弦断，明镜缺，朝露晞，芳时歇，白头吟，伤离别，努力加餐勿念妾，锦水汤汤，与君长诀！"

昆曲《牡丹亭》的唱词如诗文般优美典雅，所以有"家传户诵，几令《西厢》减价"的说法，可见在当时有多么轰动。它的唱词不论哪一段，读来都唇齿留香。"原来姹紫嫣红开遍，似这般都付与断井颓垣。良辰美景奈何天，赏心乐事谁家院！""朝飞暮卷，云霞翠轩，雨丝风片，烟波画船，锦屏人忒看的这韶光贱！""则为你如花美眷，似水流年，是答儿闲寻遍。在幽闺女自怜。"

吴侬软语，一唱三叹，好不叫人春困袅袅。女儿家的婉转心意于舌尖袅袅吐露，动人心弦。

《牡丹亭》

历代剧作家们才情万丈，笔墨纵横，方给予我们如此美丽的心灵盛宴，纵然生在千年之后，亦不觉有憾。品读唱词，生死大义、悲欢兴亡，缓缓流过指尖，灌注给我们鲜活丰富的生命力量；戏中那明白质朴、清丽华美的曲词，也一字一字传递来千般情致，万缕柔肠。

三、戏曲之美——人文美

经过千年孕育和文化积淀才得以产生的中国戏曲，是中华文明的瑰宝之一。除文学和艺术外，戏曲还集中地体现了中国传统文化的精髓，它以其强大的包容性汲取了哲学、历史、礼乐、伦理、美学、民俗之精华。表演者通过舞台上繁华的声色表演来塑造人物，折射生活，评判社会，也即"述事"和"言志"。"极人物之万途，攒古今之千变"，其吞吐万珠、包容

戏曲美人

万端的特质使其在历史长河中承担着"道德教化、文化传承和美感培育"的重要任务。

所以说，戏曲之美，除了形式美之外，更在于它以方寸天地，用最深刻的手法，表现出上天入地、皇帝平民甚至鬼神等各种各样的灵魂、故事，用如中国画般诗意的意境，体现出中华民族的审美价值和人文光华。

学者于丹认为，戏曲可以代表一种生活方式，例如昆曲那种细腻、婉转、精致、唯美的特点，完全可以作为一种人文"元素"，进入当下的时尚生活。比如，我们现在流行一种"慢活"的生活方式，所谓"慢活"，"它是指我们每天可以做一些从容舒缓的运动，比如说打太极拳、练瑜伽；过一过环保的生活，能够节约能源，能够有大段悠闲的时间与家人、与朋友分享。所有这些健康从容的生活方式"。而这种"慢活"的例子和元素，在戏曲中，比比皆是。听完苏武的《牧羊记·望乡》，会让人禁不住对人的责任和生死陷入思考。中国人身上的人文价值，就在于每一次苦痛浪头打来的时候，能够淘出人格的真金。昆曲大师张充和（沈从文的小姨子），抗战时流寓西南，生活虽不易，但缠绵悠长的昆曲塑造了她柔和而不失坚韧的性格。不论经历多少绚烂，她始终是云淡风轻的一个人，用她自己的话说就是"但借清阴一霎凉"。戏曲带给张充和的意义就是，在这个喧嚣、纸醉金迷、纷纷扰扰、追逐欲望和名利的世界里，她要做一霎清阴；如果放在大时代洪流里边，她就是一丝真歌弦管。所以她被称作"真山真水之间的留白"。

由此看来，戏曲对我们来讲不同于一般的道德文章，不同于我们了解的做人的起码道德，它是一种奢侈品，它让我们有了更多的闲暇时间，让我们能够心游万仞，在审美中完成一个从容而优游的穿越，然后找到自己的人生真谛。

张充和昆曲身段图（张大千）

资料信息

昆剧《牡丹亭》，全名《牡丹亭还魂记》，与《紫钗记》《邯郸记》《南柯记》合称"玉茗堂四梦"，也叫"临川四梦"，是明朝剧作家汤显祖的代表作。汤显祖在《牡丹亭》中大量涉及神鬼异境，剧中歌颂青年男女大胆追求自由爱情，坚决反对压迫，体现出追求内心精神的完全超脱、绝对自由的道家思想。明代话本小说《杜丽娘慕色还魂》为《牡丹亭》提供了基本情节。

《牡丹亭》与《西厢记》《窦娥冤》《长生殿》（另一说是《西厢记》《牡丹亭》《长生殿》和《桃花扇》）并称中国四大古典戏剧。

探究实践

请同学们把你最喜欢的戏曲唱词选一段抄下来，作为一篇读书笔记吧。

第十三章

舞蹈美

❀ 编者心语 ❀

汉族不似少数民族喜欢用舞蹈表达自己的喜怒哀乐，但随着社会的发展，越来越多的中国人对各种舞蹈表现出了一种近乎执着的追求。从歌舞剧院到健身房，再到公园广场，随处都能看到翩然起舞的人们，舞者全情投入，观者有时却有些茫然。本章将从舞蹈发展的历史出发，着重阐释舞蹈的美学特征，帮助大家更好地欣赏舞蹈中所蕴含的美。

❀ 文学视野 ❀

咏舞诗二首

萧纲

其一

戚里多妖丽，重娉箦燕余；
逐节工新舞，娇态似凌虚。
扇开衫影乱，巾度履行疏。
徒劳交甫忆，自愧专城居。

其二

可怜二八初，逐节似飞鸿；
悬胜河阳妓，暗与淮南同。
入行看履进，转面望鬟空；
腕动苕华玉，衫随如意风。
上客何须起，啼乌曲未终。

——前一首描写了扇舞或巾舞。据沈约《宋书》记载："公莫舞，今之巾舞也。相传云项庄剑舞，项伯以袖隔之，使不得害汉高祖，且语庄云：'公莫。'古人相呼曰'公'，云莫害汉王也。今之用巾，盖像项伯衣袖之遗式。"喜欢推陈出新的梁朝文艺家们将男子武舞性质的公莫舞改编为女子的文舞。扇舞也是由剑舞改编，以扇取代象征刀剑的舞，变壮美之舞为柔美之舞。

后一首用"履进""转面""腕动""衫随",描绘出一位踏着音乐节奏翩翩起舞的少女舞姿之美。"如意"是舞蹈用具,手执如意翩翩起舞称为"如意舞"。"腕动苕华玉,衫随如意风",表现出宫女手腕上的玉饰随着舞蹈节奏的跳动,发出清脆悦耳的响声;女子宽大的衣衫和着如意一起旋转,形成一阵阵有韵律的轻风,观赏性非常强。

知识导读

舞蹈作为一门艺术,经常在不经意间走进我们的生活,可能是大剧院的一场优雅高端的芭蕾舞表演;可能是酒吧的一幕深情合舞;可能是广场上偶遇的一支健身操队伍。刹那间,舞者与观者之间形成了欣赏和被欣赏的关系。那么该如何欣赏舞蹈的美呢?

自主赏析

一、舞蹈的概念

什么是舞蹈?回答是五花八门的。有这样一种比较简练的说法:舞蹈是以人体为媒介,借助身体语言表达日常的生活状态或者千姿百态的社会生活的一门艺术。所以日常生活中的各种形而上的精神追求、社会生活的多样性和阶层间的差异性,都得以抽象、提炼、升华为艺术化的人体表情、姿态、动作,并生成一种特殊的肢体动作链——舞蹈语言,形成一个走向舞台的审美客体,向观众传达出某种情感、思想、精神、意境,使观众获得审美体验,产生忘我的联想,从而实现客体的社会价值和艺术价值的过程。

双人探戈

二、舞蹈的发展历史

舞蹈首先源自对狩猎、耕种、战争等客观世界各种现象的模仿。古希腊罗马的许多哑剧大师的论著中都提到了舞蹈的再现性，即舞蹈为社会场景的再现。德国美学家格罗塞，在他的著作《艺术的起源》一书中以大量的篇幅探讨了舞蹈的特质。在他看来，舞蹈分为专注于对动物和人类动作的节奏的模仿以及并不模拟任何自然界现象的一类。法国舞蹈家诺韦尔针对文艺复兴以来，舞蹈愈来愈走向宫廷娱乐的倾向，主张舞蹈是大自然的忠实摹写，他说："一幅美丽的图画是自然的摹写，而一出美好的舞剧则是自然本身，是为这一艺术的全部魅力所美化的自然本身。"他为舞剧的创立作出了重大的贡献。20世纪初出现的一种机械美学，认为随着工业时代的到来，机器成为客观现实的中心，自然美和艺术美应当让位于机械美。于是模仿大生产中机器的舞蹈风行一时，"模拟论"在揭示舞蹈和现实的关系中，肯定了客观现实是第一性的，舞蹈是第二性的，但它对于舞蹈的表现性的本质估计不足。机械美学的形而上学，在于将主观完全消融在客观中，否定或削弱了艺术思维的能动作用。直到19世纪30—40年代，浪漫主义舞派兴起，他们认为舞蹈的本质在于表现人类的情感，强调舞蹈的表现性，崇尚想象和幻想，反对哑剧式的模拟。积极的浪漫主义扩大了舞蹈和舞剧表现生活的视野，丰富了审美的情感色彩。19世纪末到20世纪初，"情感论"普遍发展，情感论高度肯定了自身的情感价值，强烈要求冲破旧传统的束缚，解放身体、解放精神。邓肯从价值上追求真善美，她强调从音乐中寻求灵感，认为舞蹈发源于个人的感觉和心灵的冲动。之后，邓肯的追随者，将邓肯的精神无限扩张，把舞蹈的情感因素强调为舞蹈的"源泉"，来自"内心的冲动"，甚至认为"舞蹈是由于生命力的爆发所产生的无意识的动作而产生的"。

第二次世界大战以后，形形色色的现代舞派风起云涌。现代舞的目的在于"个人经验的外化"。由于对资本主义社会的悲观，他们试图重新回到最原始、最基本、最有人性的情感中去，并产生了使人感到丑陋、粗俗、扭曲等表象感情的人体动作。这种美学思想愈来愈脱离朴素的"情感论"，将客观完全消融在主观中，在审美意识上陷入主观唯心论。马克思主义哲学的产生，给美学研究提供了真正科学的世界观和方法论。以马克思主义

肚皮舞

的认识论——反映论为基础的舞蹈美学思想,在苏联、中国以及其他各国逐渐发展起来。

我们认为,舞蹈和其他艺术一样是社会意识形态的一种,中国舞蹈美学思想自古以来就具有朴素唯物论观点。"情动于中而形于言,言之不足,故嗟叹之,嗟叹之不足,故咏歌之,咏歌之不足,不知手之舞之,足之蹈之也。"这些话揭示了舞蹈是人们内心情感的表现的本质。

舞蹈和其他艺术的区别,在于它是以人的身体作为物质材料这一特质所决定的。但人的身体动作,只能是舞蹈的手段,而不是目的。人的身体动作一旦成为舞蹈艺术的表现手段,就必然和人的审美意识,即感知美、认识美、判断美以及表现美等审美活动发生密切关系,而人的审美活动是受一定社会、一定阶级、一定民族的条件所制约的。情感是人们审美的主要动力,但情感本身是对客观事物的一种态度,是和思想认识分不开的。审美首先取决于直观能力,但在审美活动中,直观能力和逻辑能力往往交替出现。人们在社会实践活动中才能激起情感,产生艺术创造的冲动,舞蹈也不例外。只是舞蹈侧重于表现性,善于抒发情感,开拓想象,运用舞蹈的语言表情达意,唤起人们精神上的共鸣。

三、舞蹈的主要美学特征

舞蹈的主要美学特征不在复写人物的行为,而在表现人物的内心,不是模拟,而是比拟。诚然,我们在平时的生活中,会发现许多以模拟动物或人类生活场景为外在表现形式的舞蹈,如:国外赫赫有名的芭蕾舞《小天鹅》,在国内民族舞蹈中占据着重要位置的杨丽萍的《孔雀舞》,大型舞台剧《长征路上》。无论是舞蹈演员的肢体动作还是服装佩饰，都极力在模仿天鹅或孔雀的各种动作和造型，极力在还原长征路上的各种经典场景。但是舞蹈的主要美学特征并不指向舞蹈的外在表现，而关乎内心情感的表达。古代印度的《乐舞论》提出了情和味的关系，即情感所至，味随之，也是一种舞蹈美学思想。舞蹈以人体作为美感的物质基础和艺术的表现媒介，通过人体的造型和有节奏的、程式化了的动作来塑造形象，以表达人物的思想感情和精神风貌，给人以美的感受，成为美学研究的对象之一。古希腊哲学家柏拉图，在他的著作《法律篇》中，把舞蹈的美和善等同起来，认为表现出身心德行的那些形象和曲调，就毫无例外是好的，好的就是美的，美在道德内容而不在技巧。古代文献中有关舞蹈的论述，往往是融合在音乐和戏剧中求其真善美的关系。

芭蕾舞

四、如何欣赏舞蹈美

明确了舞蹈的主要美学特征，欣赏舞蹈的过程可能就会更明确一些。当然我们还是会关注舞者本身的舞蹈功底，他的肢体是否足够舒展，他的动作是否到位，他的表情是否自然且富于变化……我们也会关注一些整体的舞台呈现，比如：舞台的布景是否符合舞蹈的内容，舞蹈的配乐是否能够推动舞蹈故事的发展，演员的服装和妆容是否符合舞蹈的整体需要……但是最关键的鉴赏要点，应该是舞者有没有通过他的舞蹈表现出内心的真实情感，表现出对社会生活中假恶丑的抨击、对真善美的追求。如1947年贾作光创作的《牧马舞》堪称我国舞蹈早期代表作之一，也是受广大观众欢迎和喜爱的一个舞蹈作品。《牧马舞》从牧民放马的典型形态，把握了舞蹈形象化的套马、拴马、骑马、飞驰等典型动作，表现了蒙古民族朴实粗犷、剽悍英武的精神气质。舞蹈动作从生活中提炼，却并非单纯模仿，而是把具象动态美化、优化、韵律化，把舞蹈技巧紧密地和牧民性格凝结在一起，充分体现了真。又如善般凝练了高度的责任感，用沸腾的血与坚韧的肌肉浇铸了美的真谛，而舞蹈艺术就生命和生活来说熔炼了现实生活中善的情感烈火。舞蹈是用生命揉成的软流，交付给雕塑家当成原料，每一瞬间，稳态的体姿造型，都应该是一具完美的人体雕塑精品。欣赏一幕动人心魄的原生态舞剧《云南印象》，从中窥探出情中含善、以情扬善的情景。事实告诉我们，在舞蹈艺术的历史发展长河中，无论是从远古走来的舞者，还是浸透着现代气息的舞剧，都能不同程度地体现善的宗旨。善是舞蹈艺术永恒价值的体现。

牧马舞

资料信息

伊莎多拉·邓肯，（1878—1927年），出生于旧金山，美国著名舞蹈家，现代舞的创始人，是世界上第一位披头赤脚在舞台上表演的艺术家。

她从古代雕塑、绘画中找到了她认为理想的舞蹈表现方式：身着长衫，赤脚，动作酷似树木摇曳或海浪翻腾。她从古典音乐中汲取灵感，追求"可以通过人体动

伊莎多拉·邓肯

作神圣地表现人类精神"的舞蹈。她认为：技巧会玷污人体的自然美，动作来源于自我感觉，舞蹈应该自始至终都表现生命。舞蹈艺术源于自然人体动作的原动力和来自大自然的波浪运动：海、风、地球的运动永远处在同一的持久的和谐之中。在自然中寻找最美的形体并发现能表现这些形体内在精神的动作，就是舞蹈的任务。她的美学思想可以归结为一句话：美即自然。她认为芭蕾规范违反万有引力定律和个人的自然意志，它的每一种姿势都是一种终止，没有一种动作、姿态或节奏是连续的或可以发展的。一切艺术的使命在于表现人类最崇高、最美好的理想，舞蹈家的天职就是表现艺术中最有道德、最健全、最美的事物。

邓肯在世界观上既接受柏拉图、叔本华、尼采、卢梭等人的影响，又接受惠特曼的影响。其主流具有一定的人民性和民主性。邓肯毕生从事舞蹈改革与创新，她的理论和实践对当时和后来的舞蹈艺术发展都有很大影响。在20世纪初的欧美舞台上，一个身披薄如蝉翼的舞衣、赤脚跳舞的舞蹈家引起了极大的轰动。她的舞蹈是革命性的，与一直统治着西方舞坛的芭蕾舞大相径庭，充满了新鲜的创意。作为一个舞蹈家，她获得了成功。她成为美国现代舞蹈的奠基人，并以自己创办的舞蹈学校，传播推广了她的舞蹈思想和舞蹈动作，影响了世界舞蹈的发展进程。

舞台上的白淑湘

白淑湘，中国芭蕾舞演员。1939年生于湖南耒阳，1952年参加东北人民艺术剧院儿童剧团，1954年被选送入北京舞蹈学校学习芭蕾。白淑湘身体条件不算好，但她勤学苦练，以坚韧不拔的毅力掌握了高难度的芭蕾技巧和特有的韵律。她成功地扮演了《天鹅湖》中的白天鹅和黑天鹅，受到舞蹈界和观众的欢迎。在中国芭蕾舞《红色娘子军》中，她成功地塑造了女主角琼花的形象。在《海侠》《吉赛尔》《巴黎圣母院》《巴赫奇萨拉依泪泉》《希尔薇娅》等10多部古典芭蕾剧目中，她都曾担任主要角色。她的表演感情真挚、动作准确规范，风格明快。1980年在菲律宾国际芭蕾舞节上，她与其他中国演员合作，共同获得集体表演一等奖；同年，被特邀参加第一届全国舞蹈比赛，表演《天鹅之死》，获优秀表演奖；1981年在文化部直属艺术单位观摩比赛中获表演一等奖。白淑湘还曾赴朝鲜、缅甸、美国、法国、日本等许多国家访问演出。

探究实践

去大剧院欣赏一场舞剧，用所学的美学原理对作品进行评价。

第十四章

影视美

编者心语

我们的生活早已经离不开影视作品,一部优秀的影视作品往往能带给我们意想不到的审美体验。电影电视看似仅供人们消遣娱乐,但细细品味,却能从中收获惊喜。

在镜头的转换中,光与影带动起生命的节奏。生命的形式、构造都随着这个节奏的脉搏跳动着。影视艺术,它记载的不是一个个具体的人事,而是一种生命的追求,是你,也是我。我曾在张艺谋的作品中,看见那用光影抒写着的历史疮疤,听到那对自由狂放的原始生命形态的呼唤;曾在李安的镜头下,感受到中西方文化的冲突,中庸之美与以人为本的对峙;也曾听见斯皮尔伯格在追问着人与上帝、与自然的关系……这是一种纯粹的审美愉悦,当我感受到它的灵魂,内心油然而生一种激动与美好。这个小小的窗口,带领我们体验到自我,体验到生命,体验到大千世界。

无论是青砖绿瓦,抑或大漠飞沙;无论是感人肺腑,抑或惊险刺激。让我们一起走进影视世界,追寻这场视觉的交响乐。

文学视野

文学和影视的艺术表现手法既有相同点,又有不同点:

1. 相同点

（1）文学与影视都注重细节的描写。

细节是文学作品或影视作品中描写人物性格、叙述事件发展、展示社会环境和自然景物的最小单位。在整个文学和影视作品中，细节描写属于情节的基本构成单位，虽然属于"细胞"，或称"一枝一叶"，但占有重要的地位，起着重要的作用。一个好的细节，可以充分地体现作品的主题和风格，可以鲜明地表现人物形象。

（2）不管是文学还是影视，象征手法都始终贯穿其中。

不管是文学作品还是影视作品，《红高粱》都以红色为主基调，挖掘红色对于人的审美效应以及象征意义。广袤无边的高粱地始终笼罩在炽热的阳光下，焕发出一片金红。红色是太阳的颜色，象征燃烧的生命力和火一般的激情；红色也是华夏民族传统节日中表达喜庆、欢乐心情的首选颜色。在张艺谋的镜头下，红高粱、红棉袄、红盖头、红花轿、红剪纸、红对联、红辣椒、红红的高粱酒，这一切都鲜明地烘托了影片和原著主题。

2. 不同点

（1）由于观赏上的直观性、表现空间上的自由性，相对文学作品的形象间接性而言，影视作品更富有时空张力，能够更直接地将文学的语言描述转化为直接可视的银幕或屏幕形象，使读者获得更为强烈的审美观感，使得文学名著显示出附丽于影视作品而产生的独特魅力，这正是大量文学名著被转化为影视作品的主要原因。

（2）影视艺术会受到剧本、演员演技、背景布置的影响。影视需要演员在特定的空间，用形体动作以及对白等表演手段，把剧本的内容通过演员的感受和理解具体地表现出来，它是通过舞台演出展示艺术美的。而演员的演技关乎一部影视作品能否在屏幕获得成功。

知识导读

影视文化是当代最有影响力的大众文化之一，而影视文化作品中的经典更是影响广泛而深远。从艺术角度来说，影视艺术被称为继文学、音乐、绘画、舞蹈、建筑、雕塑之后的第七种艺术，集前六种艺术之大成。同时其作品题材涉及历史、文学、政治、哲学等各个方面，正成为当今媒介时代的核心载体样本。在当今社会，我们已经离不开影视文化，它能够带给我们不同的审美体验。那么，影视到底能够带给我们怎样的审美感受呢？

自主赏析

影视，是电影与电视的总称。迄今为止的一切人类文化形态中，影视可谓最具有世界性、人类性、现代性的一种文化。它作为一门艺术，具有多样性、独特性、民族性的风格特征，与人类的精神文化生活息息相关。而作为一个系统，它通过新的形象体、时空观和思维度不断扩大人们对世界的感知。无法想象，如果我们丧失了影视这一媒介系统，我们将会失去多少了解世界、探寻内心、体会美丽的机会。随着人们在运用语言文字基础上不断积累的审美操作经验，在运用影视手段上的审美操作经验也已十分丰富。

影视美，包括了画面美、服饰美、音乐美、人物美等元素。除去这些表层次的美，影视美更体现在它剧情的动人、表演技巧的娴熟、摄影手法的流畅、文化内涵的深刻。将各种元素融会贯通地带给人们审美享受，影视作品才具有美学价值。在信息丰富多彩的今天，我们不仅可以从影视作品中感受美，还可以通过影视作品了解历史文化、获得启迪思考。

一、画面美——犒赏我们的心灵之窗

2000年李安执导的电影《卧虎藏龙》获得了第73届奥斯卡"最佳外语片""最佳美术指导""最佳电影音乐"和"最佳摄影"四项大奖，同时创造了外语片在欧美票房过亿的纪录，这也标志着中国武侠电影获得了

《卧虎藏龙》画面

世界性的成功。《卧虎藏龙》中的种种元素,引领我们感受江湖儿女的侠骨柔情,带着我们思考中国儒家的道德规范。

　　影片讲述了一代大侠李慕白有意退隐江湖,托付红颜知己俞秀莲将青冥剑转交给贝勒爷收藏,谁料青冥剑却在当夜被玉娇龙窃取。玉娇龙欲以青冥剑来斩断阻碍情人罗小虎的枷锁。关系变得错综复杂,俞秀莲和李慕白爱惜玉娇龙人才难得,苦心引导,但玉娇龙却任性不听劝阻……剧情跌宕起伏,有声有色,有虚有实,观众既得到了视觉上的满足,也获得了心理享受。看了这部电影,不得不提的就是那如中国水墨画般的美丽画面。

　　影片中那青山绿水、江南丝竹、茶楼酒肆、大漠黄沙,多么令人心动、神往。首先映入眼帘的江南小镇,淡绿的远山与幽深平静的近水、古镇的黑瓦白墙与黄昏时分的夕阳西下,构成了一幅精致的山水墨画。此刻,一种宁静平和的美感在心中荡漾。当玉娇龙和罗小虎的爱情故事在沙漠中上演,电影运用了闪回镜头推进了广阔无垠的大漠和苍茫无边的戈壁。它的苍凉和空旷,给人以心灵的震撼。电影最后,李慕白含蓄地对俞秀莲表达了感情,在青山绿水之间,他们听着竹林的沙沙细语。宋代著名文学家苏东坡的一句"宁可食无肉,不可居无竹",揭示了中华文明史中一个特殊的现象:竹作为一种特殊的质体,已渗透到中华民族物质和精神生活的方方面面。竹之挺拔、常青不凋之色以及竹的摇曳之声、清疏之影,让我们感受到中华民族所追求的高洁、耿直、坚贞……而那绿色,更赋予了生命、再生、美好等意涵。也是在这青翠欲滴的竹林动态山水画中,李慕白追赶玉娇龙,打斗场面没有激烈或血腥,竹林中人影相随。片中白衣翩翩的李慕白轻巧地飞跃湖面,站立在一片葱翠的竹林上,万绿丛中一点"白",那白色传递给我们的和平、宁静、纯洁之感,让我们触碰到主人公心灵超脱的境界。

这部作品中的场景与画面都显得格外精致、美丽,国画中的渲染手法被表现得淋漓尽致。导演李安用一些淡的色彩来涂抹电影画面,增强了整个画面的艺术感染力。于是,竹林是美的,人物是美的,故事是美的,整个画面更是美的。

美国电影《布达佩斯大饭店》,讲述了一位酒店经理与一位后来成为他最信任的年轻门生之间的友谊故事。在20世纪30—60年代的欧洲,这位经理与他的门生意外卷入一场家族遗产之争,经历了逃亡、追逐,最终这些经历成了作家的素材。影片的色彩运用极具魅力,画面感非常强。导演以粉、红、蓝、黑、白、紫为主色调,渲染出古老的欧洲时代的独有感觉。一幅幅画面精美绝伦,有着如油画一样的质地,考究的细节、色彩的搭配给观众带来视觉的冲击。影片开头,一座哥特式建筑风格的大饭店矗立在连绵的雪山中,它的上半身是白色,下半身是粉红色。当镜头进入饭店大厅,映入人们眼帘的是墙壁那一大片的橙色。大理石、服务台、地毯都是橙色系,透露着梦幻与古典,给人以强烈的视觉冲击。而在影片最后,原本鲜艳明亮、富有浪漫色彩的画面变为黑白影像。经理古斯塔夫先生为了保护年轻的门生不幸被军人枪杀,此时明丽转为阴郁的黑暗色调,透露出浓浓的伤感。

影片中的场景切换自然流畅,随着场景的变化,每一次出现的画面都各具特色。茫茫的雪山、明亮的饭店、阴暗的监狱、压抑的列车……每一幅画面都传递出不同的美感,每一个细节都使电影充满了唯美的诗意。

《布达佩斯大饭店》画面

二、服饰美——走近人物的生活

一部好的影视作品，离不开精心设计的服饰，正所谓"服饰是人物的第二皮肤"。剧中人物的服饰往往是角色带给观众们的第一印象。好的影视作品中的服饰设计，在还原历史的基础上仔细考究，让人们如同观看一场精彩的时装发布会。1987年央视版电视连续剧《红楼梦》中，服饰以宋、明两代为设计基础，又在细节处增加了清代服饰的元素。

林黛玉剧照

基于林黛玉敏感而又有才气的性格特点，她的服饰基调是清雅的。衣饰花纹主要体现梅的冷艳、兰的馨雅，而服饰多用纱、绢、丝、绡等贵重的轻薄面料，显示其飘逸自我的个性。在林黛玉进贾府时，因母亲新丧，她身着一件轻盈的白色披风，披风的下摆是清洁孤傲的一枝绿梅。这不就是那冰清玉洁的"绛珠仙草"吗？

要强能干的王熙凤，一出场的服饰便足以让我们享受一场视觉盛宴。伴随着凤姐那爽朗的笑声，她的服饰以橘红为底色，整体色调"彩绣辉煌"。衣服上的刺绣是缕金百蝶穿花，橘红褶子的下摆造型做成了如意流苏网络，非常别致，脖子上佩戴着赤金盘螭璎珞圈，再次体现了其身份的富贵与奢侈，同时暗示了她在贾府中的显赫地位。

王熙凤剧照

三、音乐美——听觉的饕餮盛宴

《毛诗序》曰："在心为志，发言为诗，情动于中而形于言，言之不足，故嗟叹之，嗟叹之不足，故咏歌之。"影视作品中的音乐，能够充分抒发情感，引导人们的情绪随之起伏变化，让人们与艺术氛围融为一体，产生美感效应。作曲家王立平历时4年，创作了13首脍炙人口的音乐，旋律优美、格调高雅，营造了独特意境和艺术氛围。

林黛玉和贾宝玉（《红楼梦》剧照）

在《红楼梦》第十集中，贾宝玉遇到手拿花帚的林黛玉。二人一同读当时的"禁书"《西厢记》。宝玉笑道："妹妹，你说好不好？"林黛玉笑道："果然有趣。"一对充满爱意的年轻男女在桃花林下好不惬意！此时背景音乐响起，一曲《枉凝眉》简洁凝练、荡气回肠地道尽了无限的悲凉。句首"一个是阆苑仙葩"先声夺人，以第三人称宝玉的视角，随着凄婉的音乐道出林妹妹的前生乃"绛珠仙草"，现来到世间还泪。二人有缘无分，黛玉枉自悲叹，水中望月；宝玉空劳牵挂，镜中看花。此刻，画面再美，二人的心贴得再近，也只能用音乐中那一唱三叹的"啊"字来哀叹。原唱者陈力与剧中人物宝玉的灵魂融为一体，以凄楚哀婉为基调，用她优美动听的歌喉，凄婉叹息地演绎了这首曲子。

影视作品中的音乐美不仅让我们融入情境，还能帮助我们认识剧中人物。黛玉葬花时响起的《葬花吟》，曲中运用独唱、合唱的形式反复吟唱，由平缓的叙述到黛玉对苍天的哭诉这一高潮，发出"天尽头何处有香丘"的叩问！伴着音乐，一位细腻、柔弱却倔强的林妹妹活生生地站在我们眼前。

四、人物美——积极人生的力量源泉

《阿甘正传》作为1995年的奥斯卡最佳影片，在电影史上极负盛名。主人公阿甘是个智商只有75的低能儿，但他非常执着。年幼时期，在与欺负他的同学作斗争的过程中，阿甘的唯一办法就是跑，并且是以最快的速度去跑，从而一天天提升了跑的速度。成年后，他在橄榄球赛场上为胜利而跑；在战场上为救助受伤战友而跑；甚至环绕美国奔跑……最终，他在事业上取得了成功。

阿甘执着地奔跑着，"跑"，已经成为他的精神信仰。不仅仅对奔跑执着，他对乒乓球同样执着。在军队疗养院时，阿甘不断地打乒乓球，和不同的人打、长时间地打。这让他在乒乓球竞技上取得了飞跃性的进步，促使他代表美国到中国参加乒乓球赛。阿甘的执着精神不仅仅表现在跑步、橄榄球、乒乓球这类体育竞技项目上，面对爱情，他同样执着。他在爱情的道路上，执着地爱着那个鼓励他跑起来的珍妮。

我们的人生路上，也会遇到许多障碍，但如果能像阿甘那样有一个坚定的精神信仰，并执着地追寻着这个信仰，就可以跨越一个又一个障碍。

一千个读者就有一千个哈姆雷特。每个人心目中的阿甘也是不一样的。但无论是谁，都能从电影中感受到他对生命的热爱、对信念的执着。影片所塑造的阿甘奔跑的形象留在了我们的心里，人物之美时刻给我们勇气与力量。

《阿甘正传》剧照

资料信息

查理·卓别林（Charlie Chaplin）（1889—1977年），出生于英国伦敦，英国影视演员、导演、编剧。《新世纪周刊》评论：肥裤子、破礼帽、小胡子、大头鞋，再加上一根从来都不舍得离手的拐杖，卓别林用他的表情和动作将美国默片带

查理·卓别林

到最高峰。查理·卓别林的第一部电影是《谋生》，稍后他加入了埃斯安尼公司，并于1917年出品了《移民者》和《安乐街》，1918年他和他的兄弟在洛杉矶开了自己的公司。1925年的《淘金者》和1927年的《大马戏团》为卓别林赢得了学院奖。1949年，他的有声电影《舞台生涯》上映，同年他被传为共产党人而被卷入麦卡锡主义的迫害中。他不满于美国对他的不公正待遇，移居瑞士。1967年他拍摄了最后一部影片《香港女伯爵》，1977年受勋，当年圣诞节于瑞士家中去世。

查理·卓别林不仅是第一位伟大的银幕喜剧演员，也是历史上最有才华的导演之一，同时是天才的剧作家和作曲家，还是继格里菲斯之后，无声电影领域最重要的电影制作人。

探究实践

影视作品中的美往往不止一种，请你结合一部影视作品，谈谈你对影视美的理解。

第十五章

建筑美

编者心语

旅游是什么？有人说，就是离开自己最熟悉的地方，到一个陌生的地方。当我们在陌生的城市中穿梭行走时，总是要打量打量它的房屋建筑，去品味或静好或繁华的他乡世界。这些建筑是通人性、懂人心的，它们以宽广的胸怀包容日趋浮躁的世人，予我们以肉体和灵魂的休憩之地。

倘若你想逃离喧嚣，向内求安宁，当去中国水乡古镇，听风听雨品风情，定能让人流连忘返，沉迷其中；抑或你想开阔视野，向外求见识，当去欧洲宗教建筑，知根知底品底蕴，定能让人大饱眼福，直呼过瘾。

建筑，作为人类文明的承载者，其实更多的则是人类的陪伴者。从中国的与自然"天人合一"，到西方的强调"永恒崇高"，它们陪伴的情感基调是温馨的，它们陪伴的形象特点是巨硕的。万丈高楼平地起，一砖一瓦总是情。砖瓦可以堆砌成万里长城，亦可垒就成埃及金字塔。原来，一切皆有可能。

在旅途中，去尽情享受美妙的建筑风情吧！

文学视野

诗经·小雅·斯干
（四章）

如跂斯翼，如矢斯棘，如鸟斯革，
如翚斯飞，君子攸跻。

——房屋端正如人立，急箭穿过如线直，宽广犹似鸟展翅，色彩艳丽锦鸡衣，君子登堂进厅里。

这几句诗描写了宫室的修建，其内外结构规模的宏大、壮丽以及环境的优美。

阿房宫赋
杜牧

  二川溶溶,流入宫墙。五步一楼,十步一阁。廊腰缦回,檐牙高啄。各抱地势,钩心斗角。盘盘焉,囷囷焉,蜂房水涡,矗不知其几千万落。长桥卧波,未云何龙?复道行空,不霁何虹?高低冥迷,不知东西(也作"西东")。歌台暖响,春光融融。舞殿冷袖,风雨凄凄。一日之内,一宫之间,而气候不齐。

  ——渭水、樊川浩浩荡荡的,流进了宫墙。五步一座楼,十步一个阁,走廊如绸带般萦回,牙齿般排列的飞檐像鸟嘴向高处啄着。楼阁各依地势的高低倾斜而建筑,(低处的屋角)钩住(高处的)屋心,(并排相向的)屋角彼此相斗。盘结交错,曲折回旋,(远观鸟瞰,)建筑群如密集的蜂房,如旋转的水涡,高高地耸立着,不知道它有几千万座。没有起云,为什么有龙?原来是一座长桥躺在水波上。不是雨过天晴,为什么出虹?原来是天桥在空中行走。(房屋)忽高忽低,幽深迷离,使人不能分辨东西。歌台上由于歌声响亮而充满暖意,有如春光融和;舞殿上由于舞袖飘拂而充满寒意,有如风雨凄凉。一天之中,一座宫殿之内,气候却不一样。

  从写渭水和樊川的"流入宫墙"过渡到写阿房宫的建筑特点。其中,实写了楼阁、廊檐,描绘得细致入微;虚写了长桥、复道,想象得神奇瑰丽。然后用夸张和衬托的手法,借写歌舞的冷暖,描述阿房宫"一日之内,一宫之间,而气候不齐"的怪现象,陪衬出它的宏大宽广。

知识导读

  城市化进程高速发展的今天,丰富多彩的地标建筑,如雨后春笋般涌现出来。例如,北京的鸟巢、水立方,上海的金茂大厦、东方明珠,广州的"小蛮腰"、大剧院。当我们在现代建筑面前流连忘返时,也有人在天安门、故宫、天坛、黄鹤楼等古代建筑面前频频称赞。究竟,建筑有何种美,能让人如此着迷呢?

自主赏析

  建筑，是一部石头史书，它见证了人类文明上下几千年的历史，承载着人类对美孜孜以求的记忆。当德国大文豪歌德看见法国史特拉斯堡大教堂时，赞叹：建筑是凝固的音乐。美妙不可言的建筑，犹如清扬的音乐萦绕在身边，回荡在人们的心中。

  纵观建筑的发展历史，中西方的建筑发展历史悠久、精彩纷呈。

  中国古代建筑艺术的萌生时期，要回顾到以定居为基础的新石器时代。受自然条件影响，黄河流域及北方地区流行穴居、半穴居及地面建筑，而长江流域及南方地区流行地面建筑及干栏式建筑。到了商代，开始出现规模相当大的宫室和陵墓。原有相对简单的木构架，逐渐成为中国建筑的主要结构方式。

  人类从穴居到茅屋再到宫室，从自然本能的遮风避雨到审美需要的雄伟壮美，建筑成为一种特有的文明艺术。秦始皇统一六国之后，开始了中国建筑史上首次规模宏大的工程，即上林苑、阿房宫。此外，又派蒙恬"北筑长城"。可见，"大国"的崛起，使得中国建筑从一开始就追求一种雄伟壮美，例如汉武帝时期的长乐宫、未央宫。不得不提及的是，魏晋南北朝时期受宗教思想，尤其是佛教的影响，"南朝四百八十寺，多少楼台烟雨中"，使得中国的建筑蒙上了一层神秘的宗教面纱。

阿房宫图

  进入隋唐以后，中国古代建筑的发展进入了顶峰。隋唐时期建筑风格规模恢宏、气势雄伟，如长安城、大明宫。而两宋时期则趋于精巧华丽、纤缛繁复、色彩绚丽，如皇家园林、私家园林。元明清时期，北京城的建设则象征着中国古代帝都建筑艺术的精华总结和历史终结。鸦片战争后,闭关锁国导致国门被大炮轰开,中国古代建筑艺术受到了西方建筑文化的冲击,传统根基被动摇。中国建筑在这个时期处于新旧交替的过渡时期。

直到中华人民共和国成立以后,中国建筑开始了其现代化进程。初期,中国建筑规模小、进展快、装饰少、造型简洁,多为钢筋混凝土框架结构,大开间、大进深、平屋顶,外墙为填充墙,有的开带行窗,少装饰构件,深谙现代建筑原理。这一时期的代表建筑作品有中国历史博物馆、人民大会堂等。改革开放以后,高层住宅、综合性的高楼大厦开始在北京、上海等大城市出现,如北京建国门外16层外交公寓,上海联谊大厦、东方明珠、金茂大厦,深圳国际贸易中心大厦,香港中银大厦,等等。

上海金茂大厦

相比之下,西方建筑的历史演变则更加丰富多元。古代埃及和西亚是对西方建筑影响巨大的两个地方,古埃及金字塔、方尖碑和日神神庙是神秘的地中海文明的典型代表,空中花园和巴比伦城则是古代西亚的代表建筑。

创造力旺盛的古希腊人为西方建筑作出了决定性的贡献。多立克式、爱奥尼亚式、科林斯式这三种主要的希腊柱式被后人广泛流传。其中,多立克式的代表作如帕特农神庙,爱奥尼亚式代表作如伊莱克先神庙。古罗马人无疑从古希腊人那里学到了不少精华,罗马神庙、罗马角斗场,则是他们惊人创造力的体现。在建筑艺术和建筑结构上所达到的水平上,古希腊、古罗马时期确实是一个高峰。后世建筑师时常为了证明自己风格的正确性,总是从他们那里

罗马角斗场

寻找佐证。

进入基督教时代以后,宗教对建筑的影响颇为深远,尤其是西方建筑。早期具有代表性的厅堂式教堂当属圣诞大教堂。这一时期除了厅堂式教堂,还有集中式、十字式两种。中世纪西哥特人占领罗马之后,较多地模仿罗马时代的建筑风格,我们称之为罗马风。其创新之一是在梁柱结构的基础上,采用拱建构,典型代表如意大利的比萨教堂;创新之二是在教堂正面的两旁加上钟塔。与简单粗糙的罗马风不同,哥特式风格则代表着进步与文明。复杂的肋网络、大面积玻璃窗的出现、拱形状的改变、层层推进的门和飞扶壁是哥特式建筑最为显著的特点,代表作如巴黎圣母院和法国兰斯大教堂。

巴黎圣母院

文艺复兴时期,佛罗伦萨、罗马、威尼斯作为文艺复兴艺术的中心,建筑自然也得到了长足发展。米开朗琪罗不仅在雕塑艺术上有杰出的成就,在建筑艺术上也有极高的造诣。他的经典作品是 16 世纪末教皇重建罗马市政广场时,由他设计的档案馆。另一个经典作品则是 1524 年佛罗伦萨 Medici 家族的家庙中的壁龛。在个人主义的背景下,一种争奇斗艳的建筑逐渐崭露头角。这种把古典主义理论拿来,去掉限制,广泛用于建筑装饰上的风格,就是巴洛克风格。巴洛克,就是要震撼并愉悦人的感官。此种风格中最为有名的建筑,首先是欧洲最大的王宫——法国的凡尔赛宫,其规模宏大,君临天下的气势毫

凯旋门

不掩饰。其次是梵蒂冈的圣彼得大教堂，其建筑时间耗时120年，作为教皇的教堂，它集中了意大利最优秀的建筑师：布拉曼特、拉斐尔、米开朗琪罗、贝尼尼等。新古典主义风格，与继承了文艺复兴更富创造力一面的巴洛克风格不同，它继承了文艺复兴时期更为文雅的一面。最为有名的代表性建筑当然是法国的凯旋门了。

埃菲尔铁塔

新材料的大胆应用、造价和时间的节省、新奇简洁的造型，以及水晶宫这些特点的出现，意味着现代派建筑的开始。例如，新材料铁的使用的绝佳代表作——法国的埃菲尔铁塔，这座全部用铁构造的328米高的巨型结构，是现代建筑走向历史舞台的一个宣言。

工业化以后的建筑，更多地都是围绕技术的进步展开的，即技术建筑学。源于美国本土的芝加哥学派，其特点是高层建筑、铁或钢框架、箱式结构，注重实用，代表建筑有芝加哥的信托大楼和布法罗的信托银行大楼。现代派建筑的四位大师是密斯·凡·德·罗、勒·柯布西耶、瓦尔特·格罗皮乌斯、弗兰克·劳埃德·赖特，他们用实际行动和效果回击了他人的质疑，并获得了巨大的成功。

钢筋混凝土的发展，促进了后现代建筑思潮的发展。多元化思潮的冲击和碰撞，造就了后现代建筑的长久发展。最典型也是最有名的后现代派建筑是巴黎蓬皮杜艺术中心和悉尼歌剧院。

当我们了解了中西方建筑的发展演变之后，或许有个问题一直萦绕在脑中：建筑何以为美？用古罗马建筑家维特鲁威在《建筑十书》中的观点来说，建筑必须具备坚固、实用、美观三大标准。那么，中西方建筑美的最大特点分别是什么呢？

中国建筑讲究"天人合一"

所谓天人合一，即和谐，人与自然、建筑与自然的和谐。受儒释道天人合一观念的影响，中国建筑历来主张顺应自然。在古人眼里，建筑是自然的一部分，需要与自然保持和谐。中国建筑不讲究人工和自然的竞争对抗，而是与自然保持和谐相处的关系。这一观念影响了建筑的布局和形象特征。中国建筑以群体取胜，注重虚实结合，以内收的凹曲线与依附大地、横向铺开的形象特征表达出与自然相适应、相协调的艺术观念。

  房屋的设计也尽量体现与自然相同的思想。由于木结构框架系统的优点，墙无需承受上部结构的压力，这样就可以任意开窗，特别是在南方，通向庭院的一边，常常开满一排落地长窗，一打开，室内外空间便完全连通在一起。在传统庭院中，主要建筑多用廊子相绕，廊实际上是室内建筑空间与室外自然空间的一个过渡，是中国建筑与自然保持和谐的一个中介和桥梁。

  其实，我国古建筑的外部造型，也尽量表现出与自然协调的意念。它不像西方建筑那样是实体一块的庞然大物，而是有虚有实，轮廓柔和，曲线丰富，在稳重中呈现出一定的变化。台基除了对木结构的防水、防腐功能之外，还可以增加古建筑的稳定感。柱梁斗拱等组成的木构架，轻盈通透，给人以灵动的观感。硕大的屋顶辅以漂亮的反曲线和轻巧多姿的翼角，给予建筑一种柔性的适应感，使之与山水林木等自然环境取得了相当的和谐。

  中国建筑适应顺从自然，还表现在对房屋基地和方位选择的高度重视，这便是中国古代的堪舆风水学说。

  天时地利人和，这就是中国建筑所追求的"天人合一"。从群体到个体，从整体到局部，都十分关注尺度、体量的合理搭配，讲究空间秩序的巧妙组合，营造出一种和谐圆融之美。远观时给人以整体性的恢宏气势和魄力，近观时予人以局部的审美情趣与亲和感。

西方建筑强调"永恒、崇高"

  西方建筑强调的永恒与崇高，往往都是通过巨大的体量和超人的尺度来表现的。

  西方建筑严密几何性的特点，常外化为极具张力的穹窿和尖塔，由此来渲染房屋的垂直力量，在客观上形成傲然屹立之感，与自然相对立。例如古埃及金字塔，以最简明有力的几何形式，集中地表示出与世长存的永恒主题。它屹立于广阔的沙漠中，显现的是一种超自然的纯阳刚之美，神圣、永恒、庄严、崇高，油然而生。

其实，西方建筑，无论是埃及的金字塔、希腊的帕特农神庙、罗马的凯旋门、印度的泰姬陵，还是土耳其的圣索菲亚大教堂、法国的巴黎圣母院、意大利的比萨主教堂钟塔，都更注重于单体的外部造型和体量上的巨硕突兀。马克思曾说过，巨大的形象震撼人心，使人吃惊。它们往往以超人的形象尺度，极力渲染那种对于宗教的迷狂和敬畏之感。

因此，西方建筑，在建造意识上强调追求一种与自然共存的永恒观念，而在建筑美学特征上则追求外形个体的崇高。挖掘其深层次的文化本质，可以看出，这是西方张扬个性、崇尚个体形象的表现。

如果说西方建筑是雕塑式的，那么中国建筑就是绘画式的。梁思成先生对中西建筑区别做了精彩的论述："一般地说，一座欧洲建筑，如同欧洲的画一样，是可以一览无遗的；中国的任何一处建筑，都像一幅中国的手卷画，手卷画必须一段段地逐渐展开看过去，不可能同时全部看到。走进一所中国房屋，也只能从一个庭院走进另一个庭院，必须全部走完，才能全部看完。"

资料信息

梁思成（1901—1972年），广东新会人，建筑历史学家、建筑教育家和建筑师。1946年创设清华大学建筑系，中华人民共和国成立后，历任清华大学教授、建筑系主任，长期从事古建筑研究和教学工作。他对中外古建筑、城市规划、建筑设计造诣颇深，曾参加主持中华人民共和国国徽、天安门广场人民英雄纪念碑的设计，还设计了扬州"鉴真和尚纪念堂"。著有

梁思成

《中国建筑史》《中国雕塑史》《营造法式注释》以及 *A Pictorial History of Chinese Architecture* 等。

早在 20 世纪 30 年代，梁思成就与朱启钤先生创办的中国营造学社的同事们一起，引用近代科学实验研究方法，对当时现存的古建筑进行勘测调研及归纳分析，为中国建筑的现代探索奠定了坚实的基础。在中华人民共和国成立初期，他不断撰文论述首都北京的建设策略与城建发展规划，一片赤诚、废寝忘食地为北京城建设贡献着智慧。从北京的城市规划到北京新建筑的方案设计，从国徽的图案设计到中国现代建筑教育体系的建立与完善，处处点染着梁思成先生的心血。

梁思成是中国文物建筑保护事业的先驱者和奠基人，是敢于为捍卫中国建筑空间文化尊严而冲锋陷阵的勇士。他不但在理论上具有世界的水平，而且在实践上是一名勇敢的斗士。

探究实践

古代建筑和现代建筑有不同的美，请结合实例，进行比较和分析。

第十六章

雕塑美

❀ 编者心语 ❀

"哇，这个公园的人物雕像跟真人很像呀！"小时候，我们对雕像的概念往往只停留在"像与不像"，甚至将雕像与雕塑完全等同起来。等到基本了解"雕塑"这个概念时，开始对每一个存在的艺术作品心怀敬畏之心。因为，雕塑作品是雕塑家们对内心灵魂世界的实体再现，先是从生活中猎取灵感，再佐以艺术揉捏，通过雕塑，打通内心与世界的对话渠道。因此，当我们伫立在雕塑面前，所欣赏的不仅是这座雕塑外观上传达的艺术张力，更多的则是这个作品背后最真实的灵魂。时间在雕塑面前停滞，雕塑将时间化为永恒。当我们无法探窥到历史全貌，或许从雕塑身上能够知晓那个世界里关于美的精神追求。

当喧哗褪尽，唯有雕塑耐住孤独与寂寞。跨越几千年的《米洛斯的维纳斯》，是对美的完美诠释，雕塑家的生命和灵魂在维纳斯身上得以延续。在古今中外的雕塑中，无论是注重意韵传神，还是注重写实再现，我们总能感受到关于人性和灵魂的美的存在。

听！它们似乎在诉说着些什么！

❀ 文学视野 ❀

文学与雕塑艺术的相互融合与应用，从根本上来说，是通过诗文、词曲等方面来与雕塑相配合，创作出具有艺术内容的作品。但是许多雕塑题目都十分简练，能够直接将生动的画面内容概括出来，或者描述出富含文化的细节，并且具有浓厚的文学因素。另一方面，许多雕塑都能够展现出作者的思想感情，而具有感情的标题可以浓缩雕塑的名称，抒发情感，这是一种在特定环境下的艺术现象。

东汉时期的击鼓说唱陶俑，就是以灰陶作为胎泥，手塑造型，并且通过创造者精湛的雕塑技艺，将说书艺人的生动表情刻画得惟妙惟肖。中国民间的说唱艺术是一种历史悠久的文学形式，民间的雕塑者通过巧妙的手法，雕刻出一个个诙谐幽默的说唱艺人形象，使观赏者能够感受到在两千年前的热闹集市上人们纷纷去驻足观看说唱艺人的精彩表演的场面。一些雕塑作品中的煽情色彩，使文学与雕塑作品更加有默契地联系起来，许多内容都反映出了创作者自身的思想感情与内心面貌，并且展现出创作者主观的态度与情感，还可以反映出社会的现实状况。在雕塑与文学相融合的另一部分，是作者能够抒发对美好未来的畅想，并且能够对憧憬寄予希望。例如我们看到的一只梅花鹿走在古柏之下的石桥上，而桥下的溪水直流，树木枝繁叶茂，下面的标题是"柏禄延年"四个字，鹿谐音是禄，在我国古代指的是古代官吏发放的俸禄，这也代表了财运。而这个雕塑代表了社会祥和与富贵的美好憧憬。我们在雕塑艺术作品时，可以将许多文学因素融合在里面，不但能够扩充雕塑艺术的内容，并且能够让创造者去抒发对美好生活的向往。

——陈晓春《解析雕塑艺术中的文学现象》

知识导读

雕塑，是一门古老的艺术。雕塑艺术以其独特的三维、四维甚至多维的空间立体的表现形式，来体现人类的情感生活和精神力量。置身于卢浮宫的《米洛斯的维纳斯》面前，则能感受到雕塑个体的惟妙惟肖；置身于西安的秦始皇陵兵马俑之中，则能感受到雕塑整体的气势磅礴。那么，雕塑美，到底美在哪里呢？

自主赏析

在人类文明漫长的演变历史过程中，雕塑活动开始在肥沃的土地上孕育发展，并不断地丰富、完善。在现有的出土文物中，我们发现，雕石、刻石、磨石等技术早就已经在旧石器时代生根发芽了。可见，雕塑是一门古老的艺术。

中国迄今发现最古老的雕塑，属新石器时代氏族公社繁盛阶段的遗物。这一时期雕塑的造型还都是依附于整体器物上的饰物，均为粗略的、夸张式的，具有极强的装饰性。其中最具代表性的当属陶塑人像。

公元前1600年—前221年的商周雕塑，侧重于动物外形的器皿、饰物和人物的捏塑，形体小巧，造型粗略，带有浓厚的人情味。青铜器艺术代表了商周雕塑的最高水平。虽然多具实用目的，但已初步具备了雕塑艺术的特性。一些夸张、变形、奇特的纹饰，渲染了威严神秘的气氛，形成了端庄、华丽、气质伟岸、形象乖张的艺术特性，突出反映了商周时期人们的审美观和对自然环境的理解。鼎，则是这一时期典型的雕塑作品。而后母戊大方鼎（原称司母戊大方鼎）就是其间最著名的作品之一。后母戊大方鼎身呈长方形，口沿很厚，轮廓方直，造型庄严，庞大的体积和神秘的花纹，成为商朝贵族王权与神权艺术的最典型代表。

后母戊大方鼎

秦代的雕塑作品，追求写实逼真。秦始皇陵兵马俑的发掘，向世人展示了秦代雕塑艺术的灿烂辉煌成就。兵俑雕塑形态各异、栩栩如生；马俑雕塑身材矫健、活灵活现。魏晋南北朝是一个儒释道三家相互碰撞交融的思想自由时期。当朝统治者利用宗教大兴寺庙，凿窟造像，利用直观的造型艺术宣传统治者的思想和教义。具有代表性的宗教石窟雕塑作品有敦煌石窟、云冈石窟和龙门石窟等。

宗教雕塑的发展，尤其是佛教雕塑，在宋代无论内容还是风格都明显世俗化，神圣面貌逐渐模糊，取而代之的是更接近现实生活的形象。例如，重庆大足石刻，作为我国石刻艺术的精品，尽管它的开凿有着宣扬佛法说教的主旨，但雕塑匠师的高超手段，至今仍使人们为其造像之精妙而赞叹不绝。

雕塑艺术发展到明清时期，已经逐渐趋于世俗化、装饰化和工艺化。雕塑大多更强调实用性与玩赏性功能，体现出工艺品的特色，而早期雕塑那种强烈的精神性功能则大大削弱了。但是，这些作品往往不受陈规限制，面貌各异，造型一般小巧玲珑、精致剔透、精雕细凿，缺乏大气之作和大型之作，艺术上逐渐转向个人化、内聚性的风格，成为当时雕塑艺术的一个亮点。

20世纪以来，宗教雕塑日趋衰落，民间小型雕塑虽很繁荣，却未能成气候。"五四"前后，许多青年赴欧美等国学习西方雕塑，成为中国近现代雕塑艺术的开拓者，促进了中国各种形式雕塑的发展。这一时期的雕塑作品具有强烈的时代气息，代表作有为纪念孙中山和其他民主革命家塑制的纪念像，以及人民英雄纪念碑浮雕等。

人民英雄纪念碑浮雕

中华人民共和国成立以来，架上雕塑、大型纪念性雕塑、园林雕塑、城市环境雕塑、民间雕塑与大型泥塑群像等雕塑艺术都有了长足发展。

相比之下，西方的雕塑发展可以分为三个阶段：史前雕塑、古典雕塑和现代雕塑。

史前雕塑时期的时间跨度较为漫长，这一过程也正是史前人类文化逐渐丰富的过程。这一时期没有明显的地域性分别，标志着整个人类文明的最初探索。史前作品或质朴或粗糙或破败，却激起了人们的内心惊奇和对远古的无限遐思。比较著名的雕塑作品是距今约2.5万年的《威伦道夫的维纳斯》和距今约 1.5 万年的《维斯普格的维纳斯》。圆滚丰满的妇人形象，是历史在现实世界留下的痕迹。

而古典雕塑时期是各民族自身文化的形成时期，主要是指从古希腊、古罗马文化的形成到 19 世纪末现代雕塑的出现这段时期。

古希腊雕塑追求"真实的美"，希腊雕塑家凭借艺术家的灵性和天赋创造了新颖活泼的形式，于是给后人留下了《掷铁饼者》《米洛斯的维纳斯》等写实性雕塑的千古典范。

古罗马雕塑沿袭了古希腊雕塑追求"真实的美"的传统，但更世俗化。古罗马雕塑的成就主要表现在肖像雕塑和纪念碑雕塑上，这些作品不仅形似，还十分讲究表现人物的性格特征，代表作品有《奥古斯都全身像》和《卡拉卡拉像》。

随着中世纪的到来，西方进入了基督教时代。基督教的禁欲主义思想影响了雕塑家的创作灵感，作品大多带有浓厚的禁欲主义色彩，艺术中所体现的宗教精神倾向在中世纪达到了顶点。

文艺复兴时期的雕塑以完美的技巧、宏伟的气魄和深刻的思想，标志着欧洲雕塑史上继希腊罗马以后的第二个高峰，米开朗琪罗则是文艺复兴时期最重要的雕塑家。米开朗琪罗作品的形体构成变化激烈而扭曲，流露出强烈的人文主义色彩，特别是他后期的作品运用强烈对比的造型来宣泄内心悲愤的倾向越来越明显。

19 世纪 50 年代前后，法国的现实主义运动诞生，该运动试图使艺术重新接近于日常生活，在现实中寻找灵感去达到艺术理想。现实主义雕塑家中最有名、成就最高的是罗丹，他被视为继米开朗琪罗之后的又一巨匠。从他开始，自古希腊流传下来的这种以尊重客观真实之美为基础的

《米洛斯的维纳斯》

《思想者》（罗丹）

艺术形式达到顶峰，而此后的西方艺术家转而追求心灵的真实。罗丹的代表作有《思想者》《吻》《巴尔扎克像》等。

现代雕塑时期，雕塑艺术的形式呈现出多元化局面，以艺术家张扬自身个性为主要特征。艺术的地域性和民族性差异逐渐被消解。现代雕塑主要是指从19世纪末至今，一批画家率先发难，开始了现代雕塑的实验性探索，其中罗索以蜡为媒介的创作超越了传统雕塑的限度，马蒂斯对线的韵律的强调与传统体量观念产生了背离，均具有极大的启示性。

不同的文化主义如立体主义、未来主义、达达主义和超现实主义，都在不同的时期对西方雕塑产生了影响，这些主义的出现进一步推动了西方现代雕塑的演变和发展，同时也带来了现代雕塑的繁荣。

例如，有些艺术家运用对现成物品的集合，对工业废品的重新处理，对新材料的综合利用，甚至用活人体翻制模型等进行创作，表达出对工业文明的怀疑与赞美、批判与肯定的复杂情绪。

还有，抽象构成雕塑和活动雕塑走向了室外，对光因素的利用也与新科技能源观念进一步结合，扩展了光雕塑的成果。身体行为艺术通过身体绘画、局部文身、割体以及身体动作等方式来表达现代艺术家们对雕塑的诠释和对现代社会的理解。

无论是中国雕塑，还是西方雕塑，都在历史发展的长河中，闪烁着其耀眼的光芒。懂得如何鉴赏这些雕塑作品，能够从心灵上给我们带来美的享受和心灵的慰藉。

中国雕塑的意韵美

以中国为代表的东方民族思维方式的特点是直观综合。因此，在造型这个艺术表现的形式上，中国雕塑更为注重意境的浑然天成，体现了中国艺术所特有的"感悟性"特征，即对作品的刻画更为象征与写意。其实，在现实生活中，我们都会发现中国雕塑往往都讲究大开大合，讲究泼墨写意，讲究抽象传神。代表作品有：秦始皇陵兵马俑，西汉霍去病墓石雕，南北朝时期的大量佛像、菩萨像，唐代的陶俑，宋代山西晋祠的侍女，等等。

中国雕塑的意韵美带来的感染力量——情感辐射、先声夺人，达到了高度的气韵生动。它的生动诉之于线之中，而线则表现为三个层面：轮廓、体积和精神。其表现手法以捏塑为核心，讲究身体力行，身、心、手相应，十指相连，人心、人性、人情，集中于人的本质。

中国雕塑的意韵美，其实是与中国古代传统的诗歌、书法、绘画等艺术的美相通的。因而，我们可以借鉴鉴赏诗歌、书法、绘画的"留白""意境"来欣赏中国雕塑的意蕴美。

总体来说，中国雕塑艺术注重"写意"，注重"传神"，讲究"贵似得真"，强调"气韵生动"。所以，在鉴赏中国雕塑，尤其是传统雕塑时，必须按照我们中华民族的审美情趣、审美标准和审美习惯，来对中国注重神似、以形写神的雕塑进行艺术赏析和艺术评价。

西方雕塑的真实美

西方雕塑作者在进行雕塑作品创作的过程中，非常重视雕塑整个作品的形体结构、空间布局、神态姿势、各部分的比例分配等问题，其特征是"写实"，注重对客观对象的准确再现，雕塑作者通过透视法把人的主观的情感融化到客观对象里。因此，我们在鉴赏西方雕塑时就要区别于中国雕塑的"写意"，侧重于"写实"，去寻找它的真实美。

受模仿学的影响，西方雕塑艺术注重"写实性""再现性"，出现了许多歌颂英雄业绩和战斗、战争方面的主题雕塑，产生了具有时代精神的严谨风格，代表作品有《鲁多维奇宝座浮雕》《波塞冬》《里切亚青铜雕像》和《德尔菲的驾车人》等。

通过观察，我们会发现，西方雕塑的这种真实美的表现载体更多的是人物雕塑。人物，始终是中心表现对象。形体，则是人物雕塑强调的核心。米开朗琪罗认为：只有从山顶上滚下来，丝毫不受损坏的雕塑才是好雕塑。可见，他的好雕塑的标准就是形体的凝重、完整，富于体积感。

真实美除了形体的真实，还体现在心灵的真实。欣赏罗丹的作品，我们会发现坚硬的雕塑里有一股生命力在向外贲张，而这些颤动的形体激起了我们灵魂的悸动。例如，他的代表作《思想者》。

其实，西方雕塑的真实美，不仅体现在形体的客观静止存在上，还体现在形体的动态中。罗丹曾经说过："我很少表现完全的静止，我常用肌肉跳动来传达内在的感情。甚至连胸像，我也常常做到斜一些，偏一些，带一些表情，来加强相貌的意义。"不只是罗丹，西方雕塑历史的杰作大都如此。例如，《拉奥孔》全身每一条筋肉都显出痛感和动感，传达了内在的波涛汹涌般的激情。

回首人类文明几千年的雕塑发展历史，无数振奋人心的时代，波澜壮阔的往事和战争，胜利和失败，对于民族的自豪，对于生活的热爱，都历历在目。然而，当一切都成为过去的时候，时代的灵魂便凝聚在雕塑那坚硬的脉络里。

资料信息

奥古斯特·罗丹

奥古斯特·罗丹（1840—1917年），法国雕塑艺术家，19世纪和20世纪初最伟大的现实主义雕塑艺术家。罗丹之于欧洲雕塑史上的地位，正如诗人但丁之于欧洲文学史上的地位。罗丹与他的两个学生马约尔和布德尔，被誉为欧洲雕塑的"三大支柱"。

罗丹是西方雕塑史上一位划时代的人物，其作品架构了西方近代雕塑与现代雕塑之间的桥梁，是欧洲两千多年来传统雕塑艺术的集大成者、20世纪新雕塑艺术的创造者。他善于用丰富多样的绘画性手法塑造出神态生动、富有力量的艺术形象。他的一只脚留在古典派的庭院内，另一只脚却已迈过现代派的门槛。罗丹用他那双在古典主义时期锻炼得成熟而有力的双手，用他不为传统束缚的创造精神，为新时代打开了现代雕塑的大门。在他创作的作品中，罗丹偏爱悲壮的主题，善于从残破中发掘出力与美，这使他的艺术具备博大精深的品格。其代表作品有《思想者》《吻》《夏娃》等。

探究实践

请自己选择一座雕塑作品，然后说一说它美在何处。

第十七章

环境美

编者心语

梭罗曾言："无论住过何处，将住何处，风景总随我散播。"人与环境的关系亲密而融洽，欣赏环境的同时，我们又在反思自身。于是，王羲之在崇山峻岭、茂林修竹间，极视听之娱；柳宗元在高山流水下，俯仰宴乐；苏东坡逍遥泉石之上，穷耳目之胜……在动人的诗词片段间，我们能够感受到中国古人对自然山水那份特殊的情怀。天地之大美，是自然之美。沉浸在山水之间，古人们获得心灵的超脱，体验到生命的活力。

也许我们都一样渴望背上行囊，登万里长城赏中华美景，于金字塔前听古埃及的文明，在温莎古堡上俯瞰泰晤士河……它们回眸了千年，执着于漫长的等待。壮阔、精美、清丽这些表象背后蕴含着人类征服自然、改造世界的奇迹般的智慧和创造。我们的呐喊，是发自内心的赞美。

环境美，美在景观。无论是自然环境还是人文环境，它都有着丰富的审美潜能，等待着我们去发现。你可曾留心欣赏身边的环境？"俯拾即是，不取诸邻。俱到适往，着手成春。"在仰观俯察间，对环境的审美愉悦已潜入我们的心间。

文学视野

环保题材的影片

《微观世界》（1996，法国）：《微观世界》以独特的视角，展现了人们忽视已久的小生命繁衍生息的世界，影片带来的不仅有视觉上的震撼，还有自然界无法向人类诉说的道理——大自然生态规律最好的解答就是生物的生存。

《可可西里》（2004，中国）：影片以写实报道的手法，借助记者的眼睛展现可可西里令人敬畏的纯净之美，直观地再现了巡山队员为保护藏羚羊，与盗猎分子浴血奋战，以生命换取人与自然和谐共存的感人事迹。《可可西里》之所以获得成功，其中一个重要原因就是选取了"生态环境保护"这一世界性的问题，导演用既不煽情也不曲折的故事，略显原始粗糙的影像风格，描绘出生存与死亡、原始与文明、美与丑、善与恶、人与自然关系的真实写照。

环保小说

《寂静的春天》：一本激起了全世界环境保护事业的书，作者是美国海洋生物学家蕾切尔·卡逊，于1962年出版。它描述了人类可能将面临一个没有鸟、蜜蜂和蝴蝶的世界。正是这本不寻常的书，在世界范围内引起了人们对野生动物的关注，唤起了人们的环保意识，将环境保护问题提到了各国政府面前。各种环境保护组织纷纷成立，从而促使联合国于1972年6月12日在斯德哥尔摩召开了"人类环境大会"，并由各国签署了"人类环境宣言"，开始了环境保护事业。

知识导读

"方宅十余亩，草屋八九间。榆柳荫后檐，桃李罗堂前。暧暧远人村，依依墟里烟。狗吠深巷中，鸡鸣桑树颠。"陶渊明在《归园田居（其一）》中描绘了一幅温馨和谐、充满生活情趣的田园画面。随着"美丽中国"概念的提出，环保这一理念越来越得到人们的重视。舒适的环境会带给人喜悦和幸福感。你可曾细细品味环境的美丽呢？

自主赏析

环境,是人类在实践中与之发生关系并与之互相影响的外部世界,可分为自然环境和人文环境。自然环境是由地球或一些区域上一切生命和非生命的事物以自然的状态呈现。它包括所有植物、动物、微生物、土壤、岩石、大气和在其范围内发生的自然现象,不受人类活动影响的、普遍的自然资源和物理现象,如空气、水、气候、能源、辐射、电荷和磁性。而人文环境则指在上述系统中融入了人类的创造、人类的文化等因素,是人为因素造成的、社会性的,而非自然形成的。

人们的生活离不开自然环境,更离不开人文环境。一个舒适和谐的环境,是人们所向往和追求的。要令人感觉舒适,首先要创造一个美好的环境,这是自然与人为共同作用的结果。当形成了一定的环境后,它就成为人们的审美对象。环境美的欣赏内涵丰富,大江大河的波涛澎湃、园林的精致典雅、现代都市的繁荣等都可以慢慢品味。

而在环境审美当中,建筑显得特别突出。建筑往往凝聚着该地区的民族风尚、历史底蕴、宗教特色。当我们欣赏建筑时,仿佛看到人类创造过程中所迸发的智慧的火花,看到深厚的历史与文化。

自然环境的美离不开意境。在中国诗词中,作者营造出来的意境令人神往。杭州西湖是我国古代诗词作品中出现频率较高的美景。杭州以其美丽的西湖山水著称于世,素有"人间天堂"的美誉,古往今来的人们对这

西湖一角

座美丽的城市发出了由衷的赞美。西湖拥有三面云山、一水抱城的自然风光,宋代文人苏轼曾写道:"欲把西湖比西子,淡妆浓抹总相宜。"西湖十景让游人津津乐道,其名源于南宋西湖山水画。苏堤春晓、曲院风荷、平湖秋月、断桥残雪、柳浪闻莺、花港观鱼、雷峰夕照、双峰插云、南屏晚钟、三潭印月,十景之名华美整齐,尽显浓厚的中国幽雅之美。

西湖堤边,并无较高的栏杆或石墩,西湖之水温柔又自信地映入人们的眼帘。人与自然的距离仿佛也更加接近,你可以蹲下来用手拂过湖面,感受这大自然的馈赠。堤坝两岸种着柳树,更增添娇媚。古人游西湖,或于岸边漫步,望水纹缓缓荡开,看柳树吐芽娇嫩可爱;或在湖上泛舟,随着湖水的律动,将心底的忧思荡漾开去。春日,黄莺在柳荫啼鸣,"柳浪闻莺"就此得名。唐朝的白居易所见的"几处早莺争暖树,谁家新燕啄春泥",是西湖最富有生命力的画面。而冬日里,明末的张岱在湖心亭看雪,只见西湖一改原本的秀丽,悄悄变成了"雾凇沆砀,天与云与山与水,上下一白",那样的纯洁、高雅。

落日的余晖洒在波光粼粼的湖面上,如碾碎的黄金一般,点缀着每一滴湖水。白娘子的传说无疑给雷峰塔带上了神秘色彩。夕阳一轮,更显严肃、庄重。塔,是佛法的严明;夕阳,是凄婉的爱情;湖水,是那爱情永不绝的代代相传。

正所谓"日西湖不如夜西湖","江天一色无纤尘,皎皎空中孤月轮"。张若虚在千年前咏唱自然的美丽。当夜幕降临,站在西湖旁被微风吹拂得婀娜多姿的柳树边,一轮明月当空,湖面在黑夜中望不到边际。天地间,仿佛只有月、人、湖,三者对望。

西湖,这样一个陶醉了千万人的秀丽女子,她的美是淡雅、不事雕琢的,却又那么缠绵悱恻,让人久久留恋。

还有一个地方,被称为"北国碧玉",被赋予"最纯净的草原"称号,那就是世界闻名的地处内蒙古自治区的呼伦贝尔草原。草原的美,是辽阔大气、震撼人心的。位于呼伦和贝尔两大湖泊之间的呼伦贝尔草原,总面积约 10 万平方千米,天然草场面积占 80%。纵横交错的河流、星罗棋布的湖泊,犹如给这匹绿色的大绸缎添上了锦绣。盛夏之时,这里绿草茵茵,野花遍地;有奔腾的骏马于蓝天白云间驰骋,溅起的花香沁人心脾;还有散落的羊群如繁星般点缀在广袤的草原之上。生活在这里的羊群都是幸福的,它们享受着大自然的馈赠。当你来到美丽、富饶、神奇的呼伦贝尔草原,才能真正感受到什么是"蓝天绿地",什么是"绿色净土"。

自然界的美让人流连忘返,而在我们的生活中,同样能感受到身边环境的美丽。在我国古代,人们对于住所环境之美的标准主要有:依山、傍水、朝南、坐高、幽雅。古往今来的隐士们所喜爱和向往的居住环境亦体现了他们对环境的审美追求。中国古代的农村,环境清雅、和谐,众多诗人都表达过对农村田园生活的赞美。元代马致远在《天净沙·秋思》中用"小桥流水人家"勾勒出一幅充满生活气息的农家生活图。唐朝的孟浩然来到乡间访友,《过故人庄》中的"绿树村边合,青山郭外斜"展现出田园的绿色风光,仿佛让人呼吸到新鲜的空气;"开轩面场圃,把酒话桑麻"则让人感受到农家邻里间的友爱与热情。朴素舒适的田园环境能够带给人们美的享受,其环境美中的人文氛围同样不能忽略,邻里间友好的人际关系让居住环境更加和谐美好。

乡间环境将整体环境与自然融为一体,借助自然来展现美感。依山而建、傍水而居,自然已经成为生活的一部分。和谐亲切的人际关系也令乡间的环境美增色不少。宋代辛弃疾就在《清平乐·村居》中这样表达对乡间环境的赞美:"茅檐低小,溪上青青草……最喜小儿亡赖,溪头卧剥莲蓬。"朴素优美的自然景色,淳朴可爱的村民,如此环境怎能不美?

城市是人类聚集、进行生产和生活活动的地方。城市空间环境美并不是单纯的自然环境美,亦非单一的人为环境美,它由人文、自然、艺术等多种美的元素相互渗透结合而成。

我国唐朝的长安城,采用中轴线对称的手法进行城市规划。其布局、结构井井有条,街道脉络清晰,分区明确,标志丰富显著,界限分明。美国波特兰被认为是"全美最宜居城市"之一,这座城市不但能够在城市增长扩大时保护自然环境,同时还能提升城市中心的活力,是美国公认的最佳规划体系城市。波特兰的土地利用政策非常先进,比如1979年它设立了一个城市发展边界来保护农业田地。波特兰的交通规划设计合理,理性的内聚式城市发展空间,成功将自行车引导为人们上下班最普遍使用的交通工具之一,另一种主要的交通工具则是轻轨。这座城市成功地使驾车者转变为其他交通工具的乘客,减少了城市交通的拥堵。它的骑车人数比例是全美平均水平的12倍。美好的城市环境应该易于通达、接近,交通系统结构完善,便于居民参与各种活动,易于发挥其自身的优势。

在钱学森先生提出的"山水城市"构想的基础上，我国根据自身特色提出了"园林城市"的概念，以建设一个"空气清新，环境优美，生态良好，人居和谐"的城市为目标。园林城市的建设强调用犹如绘画一般的笔调来雕刻城市的一砖一瓦、一草一木。南京、长春、杭州、昆明是我国的四大园林城市。享有"春城"美誉的昆明灵秀迷人、风光旖旎。昆明市大力开展植绿造绿，建成了一批园林绿化博览园，其城市绿化率也在逐年攀升。在城市绿化中，昆明市用了多种香花植物，色彩斑斓。红、黄、白、紫、绿等色系让这座美丽的城市更加充满生命力。四季如春的昆明全年有花，人们就在烂漫的花海中生活。

环境美，美在景观。无论是自然环境还是人文环境，都有着丰富的审美潜能，等待着我们去发现。环境美由环境创造，是自然与人共同作用的结果。尽管不同的人在不同的环境下，收获的审美体验有所不同，但我们仍然可以发现一些特点。

和谐统一的整体美

美国艺术家埃利尔·沙里宁提出，"有机整体"和"相互协调"应是城市建筑和空间环境美的基本原则。自然环境与人文环境应该和谐地融为一体。我国"园林城市"的提出，体现了人与自然和谐相处。在城市环境中，建筑、园林、绿化、雕塑、工艺美术、广告、装饰艺术等也是一个整体。各种要素之间的协调、融合是衡量环境美的一个重要标准。

体现文化精神的意境美

意境由多种意象构成，是形、神、情、理的统一。对意境的感知，不仅是视觉的享受，更是精神的升华。华美壮丽、清新闲静、雄伟豪迈、寂静肃穆，意境美往往能体现环境的历史感、文化感，反映着一定时代人们的生活理想和审美理想。环境的意境美，是一种艺术的境界。有许多中国古代诗词反映了环境的意境美，如唐朝刘禹锡的《陋室铭》："山不在高，有仙则名。水不在深，有龙则灵。斯是陋室，惟吾德馨。"这就是对所向往的居住环境的生动描绘，显示了他想要追求的恬静、高雅、淡泊的意境。

富有特色的个性美

由于构成自然环境、人文环境的要素不尽相同，每个环境都会形成富有自身特色的个性。飞沙扬砾的大漠、琉璃千顷的江湖、枝叶婆娑的树林、高耸巍峨的山川……每个城市也有自己的特色。例如，位于湖南省湘西土家族苗族自治州西南部的凤凰古城，因背依的青山酷似一只展翅欲飞的凤凰而得名。静静地守护着沱江的吊脚楼、沱江中心的古跳岩、宽不足五米的青石板老街、关田山苗寨，都在诉说着这座古城的历史。再如，英国伦敦，是大不列颠及北爱尔兰联合王国的首都和最大的经济金融中心，也是欧洲第一大城市，这座城市最具有特色的是其公共交通网路的核心——伦敦地铁。自1863年建成以来，它是世界上最古老及规模最大的地下铁系统，每年约有十亿名旅客搭乘伦敦的地铁系统。

资料信息

运动，让人类健康成长，更加强壮；环保，让地球持续发展，生生不息。

广州亚运会环境标志以一片绿叶为基本图形，似一张灿烂的笑脸，以微笑连接人与自然的情感。弧状的外形，是地球的象征。笑脸、绿叶、地球融合在一起，展现了一个充满生命力的、和谐欢乐的世界，同时，传达了广州倡导举办绿色环保亚运会的理念。

广州亚运会环境标志

探究实践

我们生活在环境中，却容易忽略它的存在。请用一双寻找美的眼睛，谈谈你身边的环境美。

第十八章

服装美

❀ 编者心语 ❀

服装,给人的第一印象,或多或少地影响着别人对你的看法。从某种程度来说,服装反映着一个人的精神面貌。因此得体的着装在人类社会的交往过程中显得非常重要。由于价值观、信仰、家庭背景、职业选择等方面的差异,人们对于服装的审美也存在着一定的差距,本章就服装搭配的基本内容提出一些美学方面的建议。

❀ 文学视野 ❀

鸡鸣外欲曙,新妇起严妆。著我绣夹裙,事事四五通。足下蹑丝履,头上玳瑁光。腰若流纨素,耳著明月珰。指如削葱根,口如含朱丹。纤纤作细步,精妙世无双。

——《孔雀东南飞》

攘袖见素手,皓腕约金环。头上金爵钗,腰佩翠琅玕。明珠交玉体,珊瑚间木难。罗衣何飘飘,轻裾随风还。

——曹植《美女篇》

妾家住横塘,红纱满桂香。青云教绾头上髻,明月与作耳边珰。

——李贺《大堤曲》

> 香墨弯弯画，燕脂淡淡匀。揉蓝衫子杏黄裙，独倚玉阑无语点檀唇。
>
> ——秦观《南歌子》

知识导读

同样的一件衣服，穿在甲的身上，让人赏心悦目；穿在乙的身上，似乎不伦不类。有时，我们穿上了一套很合身的衣服，心血来潮搭配上一条丝巾，顿时感觉自信心陡升；又或者是新买了一顶棒球帽，戴上后照镜子，却觉得浑身不自在。这些在日常生活中碰到的小苦恼，其实都需要明确一个问题：什么是服装美？美学中恰好有美与丑这一对相对的概念，它们能帮助我们用美学的智慧去解决生活中的服装搭配问题，让我们明白真正的服装和谐之美。

自主赏析

一、服装的概念

首先，服装应该是一个广义的概念，不能只理解为我们所熟知的上衣和下裳的组合。广义服装由四个部分组成：第一部分是上衣与下裳，也就是躯干装，为服装主体，决定着形象效果的大模样，也是狭义的服装概念；第二部分是服装的内附件，它们与躯干装的关系直接，是服装功能构成中的必要因素，诸如鞋子、袜子、领带以及其款式所要求配置的帽子、首饰等；第三部分是外附件，它们与躯干装的关系比较间接和松散，是功能中的强化因素，不是必须配装的物品，如提包、手表、伞具、扇子等；第四部分是身体装饰，它是对人体的直接改造，主要包括发式、化妆、文身等。

二、美学中的美与丑

在美学中有一对相对的概念——美与丑，美是成功的表现，丑是不成功的表现。就失败的艺术作品而言，有一句看似离奇的话实在不错，就是：美表现为整一，丑表现为杂多。所以我们常听到有几分是失败的艺术作品的"优点"，这就是其中"一些美的部分"；完美的作品就没有这种情形，我们不能列举它们的优点，指出某某部分为美，因为它们既是完整的融会，通体就只有一种价值。生命流注于全体，不退缩到某某个别部分。

服装美所谓整一的表现，就是服装各部分之间的和谐。因此，和谐是服装美的核心要求。服装的美在于服装与穿着者之间的和谐，在于服装与佩饰之间的和谐，还在于服装与穿着环境之间的和谐。在此，我们只从唯物辩证法的角度来谈服装美的问题，如果从唯心主义辩证法的角度来谈，美是因人而异的，也是相对的。从不同的个体出发，我们便永远无法达成在服装上对美的一致感受，也永远无法归纳出美的标准。

三、服装与穿着者之间的和谐

打开个人的衣柜，会发现里面的衣物通常整体上趋于一类。二十来岁的年轻人，衣服趋向于鲜艳的颜色、大胆新潮的设计、各种新型的材质。三十来岁的白领，衣服则趋向于黑灰杏等中性色，风格上更趋于两大类，一类是职业装，另一类是休闲装，材质倾向于莱卡或纯棉。四十来岁的职场中人，异常追求材质上的高要求，裁剪上更突出简洁和流畅的线条，刻意避免过于潮流化的元素，但会讲究合理运用配饰，对整体着装起到画龙点睛的作用。

服装与穿着者之间要实现和谐美，一定要注意穿着者的年龄、身份、职业、学历等内在条件，如果忽略了这些客观因素，就会造成很尴尬的局面。例如：现代社会，很多父母一味追求新潮、大胆，给年幼的孩子打扮得过于成熟，超短裙、长筒靴、热裤、铆钉裤……这样的装束不仅会给孩子身心造成一定的不良影响，也完全忽视了年幼的孩子在此年龄阶段应该突出的天真、活泼、可爱的特点。穿着者的职业与服装美的呈现更是息息相关。以律师、外企职员、教师、摄影师为例，由于大家的工作场合不一样，每天接触和面对的对象也有所不同，因此在着装上也应该有所区别。律师的形象应该十分严谨和干练，在服装上应该多选择颜色单调的职业西装，或者是裁剪简单的套裙。外企职员应该在客户面前树立自信和成熟的形象，在服装上应该流露出新潮的元素，色彩上可以稍微大胆一些。但是千万要把握一定的度，时尚与低俗之间往往只有一线之隔。教师主要的职责是传递知识、启发思考，而他们面对的是学生，服装上应该相对保守一些，但是并不意味着要穿着俗套，色彩的选择上全身最好不要超过三种颜色，避免选择太过潮流的服饰，但是可以在穿着上选择小部分的潮流的元素。摄影师的工作相对自由，工作时要求舒展肢体，所以首选休闲又易活动的服装，但是摄影师又是一个捕捉美的职业，在服装上应该尽量呈现美和时尚的要求。

可能很少会有人注意到服装与穿着者学历之间的关系，其实这种联系是潜移默化的，随着学历的升高，个人的学识修养也有了一定程度的加强，对于美的认识也逐渐地明晰。一般来说，穿着者会有意地避免穿着更为突出和抢眼的服装，除了一些对于美理解得比较深刻的艺术工作者，高学历者一般不会轻易地选择撞色和另类搭配的服装。

四、服装与佩饰之间的和谐

在这里我们将前面所提到过的内附件和外附件整合到一起，只以常见的佩饰为例，来谈谈如何达到服装与佩饰之间的和谐整一。首先必须明确一个概念，我们所讨论的佩饰，只是相对服装美的整体概念起一个修饰和点缀的作用。因此并不意味着佩饰在日常的生活中运用得越多越好，甚至相对于本身就比较完整的服装搭配来说，运用佩饰的元素不仅起不到画龙点睛的作用，甚至会造成佩饰喧宾夺主。那么，什么时候可以运用佩饰，或者怎么样才能较好地运用佩饰呢？运用的佩饰应该与整体的服装刚好成反比，倘若身上穿着的服装朴素大方，运用的佩饰则可相对多样，款式也可以相对复杂一些。比如戴安娜王妃，她选择的服装款式大多自然、大方，但是往往会在首饰上下功夫，像流苏的耳环和款式夸张、繁复的项链都是她的首选，这样的点缀就将她高贵优雅的气质完全展露出来了。反之亦然，如果你选择的服装款式已经很复杂了，就要减少佩饰，并且在佩饰的选择上也要尽可能地趋于简化。如果你选择的服装上有很多的蝴蝶结、蕾丝或者闪光的亮片，那么这些服装自身所带有的突出元素就足以吸引大家的目光了，即使加上很多佩饰，也很难再引起大家美的共鸣，反而让人觉得十分累赘。那么怎么样才能较好地运用佩饰呢？简单地说，要遵循两个原则，一个是互补，一个是同类。互补的意思就是说佩饰与服装整体之间要相互补充，如果穿了一件低领的衣服，就可以在空白的地方补上一条丝巾；如果发型比较简单，长发只是单纯地散开披肩，就可以戴上发箍和帽子。而同类的原则是大家必须严格遵守的，服装的材质、款式、风格奠定了整体的基调，在选择佩饰的时候，一定要与主装是相同类别。比如，选择的是亚麻面料的休闲装，再提着一个山羊皮的工装包，怎么看都显得很别扭；如果也搭配上相似面料的休闲挎包，配上休闲鞋，全身上下的风格都趋于一致，整体就十分和谐了。

五、服装与穿着环境之间的和谐

在生活中，出入一些高档的酒店和会所时，门口的领班可能会并彬彬有礼地提醒你，请穿着正装出席；而如果在风和日丽的日子去公园里漫步，就会看见很多穿着运动装的人，如果此时你西装革履，或者穿着及地长裙，就会频频引人侧目。因此选择合适的服装出席特定的场合就显得十分必要了。其实只要注意到这个细节，在出席特定的场合选择相对合适的服装就可以了。现在中国人的重大喜庆的场合，比如婚礼，除了一对新人会身着正装，他们的父母双亲也会提前准备好婚宴上自己穿着的服装，常见的有西服套装、传统的旗袍或汉服。一是体现对婚礼的重视，二是期望给大家留下美好的回忆。而西方国家在这方面更是十分讲究，出席晚宴时主客双方都会穿着正装；出外度假时全家都穿着休闲装；在参加葬礼时，参加悼念的人也会一袭黑色，以此来表示自己沉重的心情。这里要提醒一点，选择什么风格的服装，就应该选择相应的佩饰，如果在葬礼上全身黑色，却拿了一个大红色的手提包，还是会显得对逝者不敬。

资料信息

蒋勋,福建长乐人。1947年生于古都西安,成长于宝岛台湾。台北中国文化大学史学系、艺术研究所毕业。1972年负笈法国巴黎大学艺术研究所,1976年返台后,曾任《雄狮美术》月刊主编,并先后执教于文化大学、辅仁大学及东海大学。现任联合文学出版社社长。蒋勋先生文笔清丽流畅,说理明白无碍,兼具感性与理性之美,有小说、散文、艺术史、美学论

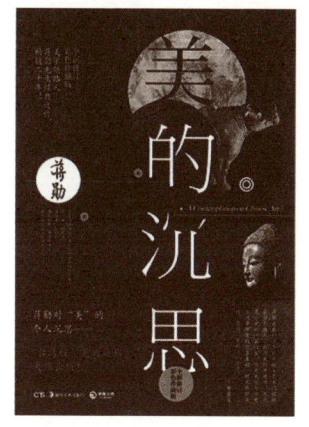

《美的沉思》(蒋勋)

述作品数十种,并多次举办画展,深获各界好评。近年专注两岸美学教育推广,他认为:"美之于自己,就像是一种信仰一样,而我用布道的心情传播对美的感动。"代表作有《蒋勋说〈红楼梦〉》《孤独六讲》《生活十讲》《汉字书法之美》《美的曙光》《蒋勋说唐诗》《蒋勋说宋词》《美,看不见的竞争力》《蒋勋说中国文学之美》《吴哥之美》等。

《美的沉思》是蒋勋先生在美学领域的经典代表之作,被誉为"台湾版《美的历程》",自1986年在台湾第一版发行以来,至今经过几度再版印刷。大陆引进的全新修订彩色珍藏版,增录图片、年表、索引,为读者提供更赏心的视觉体验、更悦目的美的探索。玉石、陶器、青铜、竹简、帛画、石雕、敦煌壁画、山水画……蒋勋在这些被"美"层层包裹着的艺术作品中,开始逐渐思考起它们形式的意义。经过一次次时间的回流,将历史的渣滓去尽,蒋勋看到了它们透露出的真正的时空价值和所承载的历史意义。

探究实践

如果你的好朋友邀请你周末一起去美术馆看画展,既要体现你作为中学生的身份,又要适度张扬你的性格特点,还要与美术馆的氛围和谐统一,你会怎样装扮自己呢?

第十九章

幽默美

❀ 编者心语 ❀

当我们谈幽默时，我们在谈什么？谈有趣？谈取乐？真正的幽默到底在哪里？

幽默的内核其实是智慧，并且是有温度的智慧。正因为对现实有所感，才能看到其中的美和其中的不合理，并通过机智的方式表现出来，引起赞赏抑或引起疗救的注意。就像阿Q，多么的可笑，但背后却是鲁迅先生对中国国民敏锐的洞察，深刻的担忧。

还有我们熟悉的黑色幽默，看似不合常理，但在可笑的背后有着含泪的微笑。就像我们看蒂姆·波顿的电影，看似诡异夸张的故事背后，隐藏着令人怦然心动的童真童趣，冷幽默下不时流露的脉脉温情更是直击人内心深处最柔软的角落。

幽默有时是保持距离的防御机制，像《老友记》里 Chandler 的各种笑话；有时是拉近距离的妙招，像电影《被嫌弃的松子的一生》中女主角松子的各种鬼脸。幽默背后，其实可以看见人心，看见这个活生生的人的所思所想，看见他性格形成的原因，看见他经历过的痛苦和期待。幽默让我们认识人，认识人生。

幽默并不独立存在，它负载在各种媒介上，有时是文章，有时是电影，有时是儿童的话语，懂得它的人，不仅会笑，更会感怀与思考。

文学视野

戏赠杜甫
李白

《戏赠杜甫》是朋友间的游戏文字，谑而不虐，体现了李白对杜甫的知己和关爱。一方面，杜甫"穷年忧黎元"，写作极认真，"语不惊人死不休"，正如宋人葛立方在《韵语阳秋》里说的那样，"杜诗思苦而语奇"（接下来的一句是"李诗思疾而语豪"）；另一方面，杜甫又仕途坎坷，穷困潦倒，可能营养不良。李白显然了解这些，而自己的处境也不比他好，不过达观些，随便些，又大了十一岁。因此，李白实际上是以此诗劝慰杜甫，诗歌当不了饭吃，不要为了写诗太苦了自己，太瘦了不好，要注意自己的健康。

> 饭颗山头逢杜甫，顶戴笠子日卓午。
> 借问别来太瘦生，总为从前作诗苦。

阿娇诗
朝云

朝云，宋朝大文豪苏东坡的侍女。据说一次朝云去桥下淘米，被一无赖秀才纠缠，秀才说：

> 有木便为桥，无木也念乔。
> 去木添个女，添女便为娇。
> 阿娇休避我，我最爱阿娇。

朝云轻蔑地一笑，说：

> 有米便为粮，无米也念良。
> 去米添个女，添女便是娘。
> 老娘虽爱子，子不敬老娘。

《阿娇诗》中提到"阿娇休避我，我最爱阿娇"，所以，事件可能并没有发生在朝云身上，而是发生在一个叫阿娇的姑娘身上，或者，根本就没有发生，故事是后人编的。

女人
纪晓岚

据说纪晓岚一次为一个朋友的母亲祝寿，席间开口吟诗道："这个老娘不是人"，四座宾客听了大惊。纪晓岚不慌不忙，又念："九天仙女下凡尘"，大家这才松口气，鼓掌叫好。纪晓岚接着念下去："生个儿子却做贼"，宴会主人脸上立刻变色，四座则咋舌不敢说话，纪晓岚最后从容地说："偷得蟠桃献娘亲"，大家全都又笑开了颜。

全诗归整如下：

这个老娘不是人，九天仙女下凡尘；
生个儿子却做贼，偷得蟠桃献娘亲。

上述诗歌题为《女人》，有人考究作者应是明代的唐寅，也有说是宋代的苏东坡，作为幽默故事传得最多的则是纪晓岚。《女人》不同"作者"间常有不同版本，某些文字略有差异。

题蟹
郑板桥

郑板桥，清朝官吏、书画家、文学家。郑板桥任潍县知县时，一次知府大人路过潍县，郑板桥却没有出城迎接。知府大人来到县衙门后堂，对郑板桥不出城迎接心生不满。酒宴上，知府用筷子一指河蟹，说："此物横行江河，目中无人，久闻郑大人才气过人，何不以此物为题，吟诗一首，以助酒兴？"郑板桥略一思索，吟道：

八爪横行四野惊，双螯舞动威风凌。
孰知腹内空无物，蘸取姜醋伴酒吟。

知识导读

中国本没有幽默一词，也没有幽默美这一美学品格，那么，幽默以及幽默美这一舶来品到底是怎样产生的，又该如何欣赏呢？

"幽默"是英文 humour 一词的音译。它最初是个拉丁词，本是古代医学名称，指人体中四种体液（血、痰、黄胆汁和黑胆汁）。据说这四种体液的比例不同，就决定人们的气质和性情不同，有些人的脾气之所以古怪奇特，就是由这四种体液的比例失调引起的。所以从"体液"这个原始义，就自然地派生出一个当脾性、气质讲的引申义，还常常偏指"怪癖"和"坏脾气"。这个拉丁词通过古法文传入英国，到文艺复兴时期，英国一些喜剧作家如本·琼生等人，大力提倡写"幽默性格"。那是指被一种畸形发展的癖性或气质所控制的人物，因此处处显得荒唐可笑。这种理论对十七八世纪的英国喜剧和幽默文学的发展影响极大，于是渐渐地，"幽默"这个词又从脾性、气质、怪癖等意义演变出一个新的意义来，这就是现代这个同滑稽、讽刺、戏谑等意义相近的"幽默"。当它成为这样一个喜剧理论中的专门术语后，反过来又传到法国和其他国家，成为一个全球通用的美学名词。

自主赏析

一、什么是幽默美

随着人类文明的进展、文化的发展，人们从各个侧面拓展了幽默的美学范畴。相继出现了拜伦、雨果、果戈理、狄更斯、马克·吐温、都德、萧伯纳、契诃夫、卓别林以及吴敬梓、鲁迅这样的幽默大师，他们融悲喜于一炉，在崇高与滑稽、是与非、美与丑、善与恶、真与假等诸多对立、交织的美学范畴中各自创造了独特的艺术世界。在他们所创造的独特艺术世界中，在喜剧形式、滑稽情趣的背后表现出更深的哲理思索和丰富的历史意识及智慧力量。于是乎，"喜"可以表现"悲"所难言的更深隐痛，"滑稽"也透视了更为"崇高"的美学追求和人生理想，"丑"的谜底埋着"美"的幽境。幽默不再仅仅表现为滑稽、荒唐。从滑稽到崇高、从嘲笑到讽刺的审美历程中，它所着力追求的更多的是笑后的沉思、荒唐下的严正、滑稽后的是非哲理境界，因而也就从单一的审美对象的喜剧形式发展到对喜剧对象的美学思索，它所着力追索的是"喜剧的对象"身后不尽的底蕴及其构成的文化历史条件。从此，幽默不再是荒唐的一笑，而成为人类智慧的佐证、文明的尺度和文化进步的标志。

二、幽默美的形成

（一）幽默美的表现形式——喜剧

喜剧是幽默的美学形式，失去喜剧色彩，也就不再有幽默情境。幽默一进入美学范畴就有喜剧形式，它是幽默美学范畴中最具魅力与艺术生命的一个审美要素。但仅有喜剧形式还构不成幽默的全部美学内涵；从幽默这一审美现象的发展过程来看，幽默美学范畴中除了喜剧，逐渐出现了它的对立因素——"悲"以及相应的其他美学范畴。喜剧只是它的美学形式或外部形态。它仿佛是一个美学框架，支撑、包裹着幽默的其他审美因素，并规定着幽默的外部形态。它是幽默艺术中诸多美学范畴构成的审美形式，也是其结构功能的表层形态。

（二）幽默美的艺术表现——讽刺

讽刺是构成幽默艺术的主要技巧，它犹如一把锋利的匕首，划破被现实扭曲的混沌的社会历史表象，在悲与喜、滑稽与崇高的艺术对调中，把真、善、美与假、恶、丑的是是非非都还原到它应有的美学位置上去，恢复其历史的本来面目。

鲁迅先生说，讽刺的生命是真实，即幽默审美范畴中美学意义上的"真"。"真"的讽刺艺术使幽默区别于"无聊的打诨"而获取了深刻的哲理内涵和战斗意义，使其在诙谐情趣中获取更为严肃、崇高的美学内涵。鲁迅先生的小说、杂文往往在讽刺艺术中融悲、喜于一炉，开拓了现代幽默的审美空间，使中国现代文学的幽默艺术进一步发展。

《阿Q正传》（鲁迅）

讽刺具有喜剧性，但它须有更为深刻、丰富的审美要素赋予喜剧躯壳以内在的生机，这就是真、善、美及其崇高的美学追求，以及由此带来的对假、恶、丑的批判、嘲讽所形成的忧愤、冷峻、悲凉甚而悲怆的美学意味。

（三）幽默的"灵魂"——机智与哲理

由于西方幽默进入审美范畴时只有喜剧因素，缺乏深刻内涵，因而中国现代作家、学者一开始接触这个音译的美学术语时就有一定的偏见，对其缺乏足够的认识。中国文学艺术历来注重"文以载道"，对于单纯喜剧形式的幽默就更难以接受。其根本原因在于没有认识到幽默的灵魂在于机智与哲理，哲理是幽默的内在，机智是幽默的表象。

机智与哲理在幽默这一审美现象发展中有着至关重要的作用，对于美学范畴的形成及意义的丰富、发展都具有决定性的意义。可以说，没有哲理就没有近代意义的幽默，哲理与机智构成近代幽默艺术的内在生命。它以哲人的智慧剖析被社会扭曲的一切，又以智者的眼光谛视着现实纷繁的闹剧而付之一笑。它使幽默在微笑中对真、善、美与假、恶、丑做出明了的评鉴，让崇高与滑稽、喜剧与悲剧、是与非都回到它应有的美学位置上去。所以老舍先生说"幽默乃通于深奥"。

正是机智与哲理，才赋予幽默的艺术表现——讽刺以更为犀利的战斗力量和深刻的美学内涵。如果说幽默是一个艺术张力的磁场的话，那么机智和哲理就是它的磁心，决定着幽默艺术的审美本质。

《警察与赞美诗》（欧·亨利）

（四）幽默的美学原则——含蓄

"含蓄"是构成幽默艺术的一个重要美学原则，是幽默趋于纯熟的标志。幽默的含蓄，来自于深刻的哲理、纯熟的技巧和丰富的审美意识所构成的幽默情境。幽默情境是由"悬念""渲染""反转""突变"四个艺术环节所组成的艺术构造而成。由这四个艺术环节所组成的幽默的艺术曲线同时亦可以看作幽默的审美心理历程，"悬念"是正面的铺叙和必要交代，但其中已蕴含着对看似合理的事物的否定倾向，"渲染"则推波助澜，使其走向极端而为"反转"作衬托与铺垫，"反转"之后即是整个审美感受的"突变"，对作品及其幽默情境美学对象所产生的新的认识、情感态度及审美评价，实现作品的美学意义。

老舍的《月牙儿》以一种含蓄而自嘲的口吻，从社会观念的"潜视角"逐层剥落一个被逼为暗娼的纯真少女蚀锈的灵魂，在看似"合理"的社会情境中展开她的堕落过程，故意以一种不以为意的轻松笔调叙述一个沉痛的故事，既含蓄、深沉，又耐人寻味。

《月牙儿》（老舍）

作品的审美内涵、美丑、善恶及是非观念是潜藏于幽默情境中的,在作品的结局中一般都蕴含着具有审美倾向的艺术转机,即幽默的"反转"。它以新奇之笔,动摇了读者在正常、平衡心理状态上对作品的预想,蓄意打破读者是非、美丑、善恶、真假的固有观念而使其重新认识、思考作品的审美对象及其艺术意蕴,如《月牙儿》中"我"对"道德""感化"与监狱的感受,都是幽默情境打断了人们的正常设想或合理预想而使其重新忆及全篇,在审美感受中出现意想不到的"反转"。

资料信息

"幽默"作为一个艺术名称众说纷纭,莫衷一是。如果把18世纪初期到今天的各种意见进行归纳,主要有五种观点:(1)批评说。认为幽默同讽刺一样,是艺术家的批评武器。18世纪中叶以前英国的喜剧家们大多是这样看的。19世纪俄国的革命民主主义作家别林斯基、谢德林等则力主此说,后来苏联比较风行的文艺理论基本上继承了这种观点,认为"幽默是帮助艺术家嘲弄恶习和缺点,对描写对象展开批评的重要手段之一"。(2)善意说。认为幽默出于宽大、善良和同情。此说18世纪中叶在英国兴起,19世纪在欧洲大流行,当时"没有同情就没有幽默"成了一些人的口头禅。代表人物是德国的美学家让·波尔,他认为幽默是一种抚慰人类的善意的微笑。(3)轻微讽刺说。认为幽默是讽刺的一种,即轻微的善意的讽刺。这种说法是批评说和善意说的折中,在我国最为流行。(4)滑稽说。认为幽默是"生活里的滑稽现象的反映"。(5)逗笑说。认为一切能引起笑的东西都是幽默,这是最广义的一种理解。

探究实践

在文学、电影、绘画等媒介中找找幽默的痕迹,把它在这些媒介中的作用以及你对它的理解写成文章吧。

参考文献

[1] 朱光潜. 西方美学史 [M]. 北京：人民文学出版社，2014.

[2] 李泽厚. 美的历程 [M]. 北京：生活·读书·新知三联书店，2009.

[3] 李泽厚. 华夏美学·美学四讲 [M]. 增订本. 北京：生活·读书·新知三联书店，2008.

[4] 黑格尔. 美学 [M]. 北京：商务印书馆，2015.

[5] 叔本华. 作为意志和表象的世界 [M]. 北京：商务印书馆，2007.

[6] 弗洛伊德. 精神分析引论 [M]. 北京：商务印书馆，2007.

[7] 郭庆藩. 庄子集释 [M]. 北京：中华书局，2012.

[8] 李泽厚. 批判哲学的批判：康德述评 [M]. 北京：生活·读书·新知三联书店，2007.

[9] 宗白华. 美学散步 [M]. 上海：上海人民出版社，1981.

[10] 季红真. 忧郁的土地，不屈的精魂——莫言散论之一 [J]. 文学评论，1987:06.

[11] 启功. 书法概论 [M]. 北京：北京师范大学出版社，1986.

[12] 孙宝文. 孙过庭书谱 [M]. 上海：上海辞书出版社，2010.

[13] 周鸿图. 笔阵图笔法丛书 [M]. 杭州：浙江人民美术出版社，2015.

[14] 王国维. 王国维文学论著三种 [M]. 合肥：安徽师范大学出版社，2014.

[15] 王世贞. 中国历代经典作家传世之作系列：戏曲卷 [M]. 济南：山东文艺出版社，1997.

[16] 中国艺术研究院戏曲研究所《戏曲研究》编辑部. 戏曲研究 [M]. 北京：文化艺术出版社，1979.

[17] 沈福煦. 建筑美学 [M]. 北京：中国建筑工业出版社，2013.

[18] 邓友生. 建筑美学 [M]. 北京：北京大学出版社，2014.

[19] 万书元. 当代西方建筑美学新潮 [M]. 上海：同济大学出版社，2012.

[20] 王辉. 建筑美学形与意 [M]. 北京：中国建筑工业出版社，2012.

[21] 唐孝祥. 岭南近代建筑文化与美学 [M]. 北京：中国建筑工业出版社，2010.

[22] 王朝闻. 雕塑美学 [M]. 北京：生活·读书·新知三联书店，2012.

[23] 杨剑平. 中国雕塑 [M]. 北京：中国建筑工业出版社，2010.

[24] 孙振华. 中国古代雕塑史 [M]. 北京：中国青年出版社，2011.

[25] 赵萌. 中国雕塑艺术 [M]. 北京：人民美术出版社，2013.

[26] 安德鲁·考西. 西方当代雕塑 [M]. 易英，译. 上海：上海人民出版社，2014.

[27] 陈晓春. 解析雕塑艺术中的文学现象 [J]. 芒种，2012:14.

[28] 徐宏力，关志坤. 服装美学教程 [M]. 北京：中国纺织出版社，2007.

[29][意] 克罗齐. 美学原理 [M]. 北京：商务印书馆，2012.